과학방법론에 기댄 5대목 통일론

논문 어떻게 짓나?

과학방법론에 기댄 5대목 통일론

논문 어떻게 짓나?

과학방법론에는 합리론, 경험론, 반증주의, 현상학, 비판적 실재론 따위를 비롯한 여러 유파들이 있다. 이 가운데에서 반증주의가 실증기 가설 검사 연구 방법의 기반이 된다. 이를테면 회귀분석이나 평균 차이 분석으로 가설의 기각과 지지 여부를 확률 p<.05로 결정하는 것과 같은 대부분의 연구는 반증주의 과학방법론을 따르고 있다. 그러므로 가설 검사 연구의 절차와 그 논문 형식을 밝게 보는 눈을 가지려면 반증주의를 이해해야 한다.

김은경 박승희 조재형 지음

근거 기반 이론 구성법

비교 논문

내용(text) 분석 논문

대책 가설 검사 논문

평가 논문

이론 틀에 따라 침적 자료를 분석하는 논문

실천 가설 검사 논문

설문지 자료로부터 법칙을 추론하는 논문

성균관대학교
출 판 부

1부

설문지 조사 가설 검사
논문 작성법

1장

왜 논문의 길을 알아야 하나?

요즈음 한국에서는 논문의 질보다는 양(개수)이 중요하다. 연구자가 정신없이 논문 생산에 내몰린다. 그래서일까? 논문의 기본 원칙조차 알려고 하지 않는 연구자들이 적지 않다.

이런 원칙을 모르면 논문을 쓰는 동안 내내, 과연 이 논문이 제대로 되어가고 있는지 알 수 없어서 마음이 답답하다. 논문 심사를 받을 때에도, 지적들이 상반되거나 이해되지 않으면 혼란에 빠진다. 그러나 알면 잘 쓰고, 심사 결과에도 유연하게 응대하며, 더 많은 논문을 힘을 덜 들이고 지을 수도 있다.

그런데 사회과학 논문만 보더라도 여러 가지 형태의 논문이 있다. 크게 나누어 양적 논문과 질적 논문, 그리고 이론 논문이 있다. 양적 논문에도 자료를 분석하여 가설을 검사하는 논문, 양적 실태를 기술하는 논문, 양적 자료를 분석하여 법칙이나 진리를 추정推定하는 논문 따위가 있다. 각 논문마다 나름대로 고유한 장점과 단점이 있고, 쓰는 형식이 다르다. 한 칼이 모든 것을 다 자르는 데 쓰일 수 없듯이 한 논문의 길잡이가 모든 논문 쓰기를 다 안내할 수 없다. 그렇다면 어떤 논문의 길을 다룰까?

여기서는 양적 설문지 조사 자료로 가설假說을 검사檢查(test)[1] 하는 논문의 작성법을 논의하고자 한다. 왜 그러는가? 먼저 한국 사회과학계에서는 양적인 설문지 가설 검사 논문이 질적 논문이나 이론 논문보다 더 많이 쓰여지고 있다. 무엇보다 편수를 늘리기가 더 쉽기 때문일 것이다. 이런 논문을 쓰거나, 읽거나, 심사하는 일에 관여하지 않고서는 한국의 사회과학 연구자로 살아가기가 어렵다. 살아 남으려면 양적 설문지 가설 검사 논문의 작성법을 알아두는 것이 좋다.

그리고 설문지 가설 검사 논문은 형식의 가늠자로만 보면 완벽에 가깝다. 이런 논문의 길을 익혀두면 다른 유형의 논문(질적 논문이나, 이론에 관한 논문)도 어렵지 않게 쓸 수 있다. 꿩 잡는 포수는 산토끼도 잡는다.

---

1) 흔히 가설假說 검증檢證한다고 말한다. 검증은 어떤 것이 참임을 경험으로 확인한다는 뜻이다. 그런데 가설은 경험으로는 참임을 확인할 수 없고, 부정만 할 수 있다. 이것은 뒤에서 다시 설명하겠다. 가설의 부정 여부를 판단함이란 마치 공장에서 불량품을 검사하는 것과 같다. 제품이 불량한지를 검사하지 검증하지는 않는다. 따라서 가설이 참임을 검증한다보다는, 거짓인지 아니지를 검사한다는 표현이 더 나아 보인다.

따라서 1부에서는 설문지 조사 가설 검사 논문 작성법을 살펴보도록 하자.

2장

가설 검사 논문의 짜임

가설 검사 논문의 구성을 이해하려면, 우선 논문이 무엇인가를 알아야 한다. 논문이 무엇인가를 논의한 다음, 가설 검사 연구의 토대인 반증주의 과학이론을 설명하고 가설 검사 논문의 짜임을 살펴보자.

1. 논문이란 무엇인가?

논문이란 연구의 과정과 결과 따위를 기술한 글이다.

그러면 과학 논문이란 무엇인가? 과학이란 어떤 대상을 잘 아는 것이다. 대충 아는 것은 과학이 아니다. 뿐만 아니라 대상과는 무관한 자기 생각만을 이야기하는 것도 과학이 아니다. 과학 연구는 잘 알아내려는 활동이고 이 활동의 과정과 결과를 기술한 것이 과학 논문이다.

과학 논문은 어떻게 기술해야 하는가? 가장 주요한 원칙은 사실과 논리[2]에 의존해서 진술함이다. 사실과 논리에만 의존한 진술은 실질(das Seiende) 진술이다. 이것은 당위(das Sollende) 진술과는 대조된다. 예를 들어보자. 어떤 의사가 환자를 진찰하고, '이 사람은 나아야만 한다'고 말했다면 그 말 속에는 의사의 소망과 가치가 들어가 있다. 그러나 '이 사람은 곧 낫는다'는 말 속에는 소망과 가치가 배제排除되어 있다. 앞은 당위當爲 진술陳述이고, 뒤는 실질實質 진술陳述이다. 실질 진술에는 가치가 배제되어 있다. 연구자가 논문을 쓸 때는 가치 벗기(Wertfreiheit, value-freedom, 沒價值論)(Weber, 1994)를 하여야 한다. 가치를 벗은 진술은 냉정한 진술이다. 물론 가치 벗기가 가능한가는 논란거리이다. 그러나 가치가 듬뿍 들어간 글이 과학 논문으로 인정받기는 매우 어렵다.

그렇다면 과학 논문은 어떻게 구성되는가? 모든 연구 과정은 수학 문제를 푸는 것과 비슷하다. 학생들은 "$(x^2-1)=0$이고 $x>0$일 때 $x=?$"라는 수학 문제를 풀어서, "$x=1$"이라는 답을 알아낸다. 수학 문제를 푸는 과정은 문제 확인, 문제 풀이, 해답 확정 순으로 이루어진다. 연구도 연구문제를 풀어내서 답을 얻는다. 따

---

2)   논리가 무엇인가는 잠시 뒤에 다룬다.

라서 연구는 연구문제(question) 제기, 연구문제 풀이, 답 확정으로 이루어진다. 이런 연구의 절차와 결과 따위를 기술한 글이 논문이다. 모든 논문은 연구문제를 밝히는 서론序論, 풀이 과정을 서술하는 본론, 답을 드러내 보이는 결론으로 짜인다. 연구의 3대 요소는 문제, 풀이, 답이고, 논문의 3대 요소는 서론, 본론, 결론이다(표 1-1). 과학 논문도 마찬가지이다.

[표 1-1] 연구와 논문의 3대 요소

연구의 3대 요소	논문의 3대 요소
연구문제 제기	서론
연구문제 풀이	본론
답 확정	결론

2. 가설 검사 연구의 이론 토대: 반증주의

모든 논문은 서론 본론 결론으로 이루어지지만, 그 세부 구성은 논문마다 조금씩 다르다. 그렇다면 설문지 가설 검사 논문의 짜임은 어떠한가? 이에 답하려면 이 논문 형식이 발 딛고 서 있는 과학이론을 이해해야 하다. 이것을 모르면 가설 검사 논문의 형식을 명쾌하게 이해理解하기가 어렵다.

과학이론을 흔히 과학방법론이라고 한다. 과학이란 잘 아는 것이므로 과학방법이란 잘 아는(인식認識) 방법이고, 이 방법에 관한 이론이 과학방법론이다. 이 과학방법론은 과학에 관한 과학이고, 이론에 관한 이론(metatheory)이다. 이것도 인식론에 속한다.[3]

과학방법론에는 합리론, 경험론, 반증주의, 현상학, 비판적 실재론 따위를 비롯한 여러 유파들이 있다(베르트 다네마르크 외, 이기홍 역, 2004). 이 가운데에서 반증주의反證主義가 설문지 가설 검사 연구 방법의 기반이 된다. 이를테면 회귀분석이나 평균 차이 분석으로 가설의 기각과 지지 여부를 확률 $p < .05$로 결정하는 것과 같은 대부분의 연구는 반증주의 과학방법론을 따르고 있다. 그러므로 가설 검사 연구의 절차와 그 논문 형식을 밝게 보는 눈을 가지려면 반증주의를 이해해야 한다.

반증주의反證主義는 오스트리아의 비엔나에서 태어나 영국과 뉴질랜드에서 활동한 칼 포퍼(Karl Popper)가 먼저 주장하였다. 이 반증주의는 어떤 전통 위에서 성립되었고, 왜 반증주의라 부르며, 그 주요 원칙에는 무엇이 있는가?[4]

---

3) 흔히 사회조사방법론을 과학방법론과 혼동混同하는데, 둘은 많이 다르다. 사회조사방법론은 자료 수집과 처리의 해설(매뉴얼)이고, 과학방법론은 과학의 이론 혹은 철학이다.

1) 반증주의 과학방법론의 형성과정

반증주의는 주로 근대인식론의 두 큰 흐름인 합리주의合理主義와 경험주의經驗主義를 비판하고 수용하면서 성립되었다. 이 과정을 간략하게나마 살펴보기로 하자.

(1) 합리주의의 비판과 수용

데카르트가 주춧돌을 놓은 근대 합리주의는 경험의 경계를 넘어서 저 밖에 있는 진리를 파악하고자 한다. 그 도구는 이성이다. 이들은 경험을 신뢰하지 않는다. 경험으로는 무엇보다 경험할 수 없는 신의 존재와 영원 불멸성과 같은 진리를 알아낼 수 없기 때문이다. 합리주의에 따르면 이성으로 털끝만큼도 의심할 수 없는 절대의 진리를 얻을 수 있다. 이성의 힘으로 맑고(clear) 밝은(distinct) 생각을 가질 수 있고, 이 생각에 기대 사물의 본질까지도 꿰뚫어 볼 수 있다.

이런 합리주의를 반증주의에서는 다음과 같이 비판한다.

첫째, 이성이 완전무결하지 않다. 그런 완전한 이성이 전혀 없

---

4) 여기서는 이한구(2004) 선생이 반증주의를 잘 소개하신 책,『지식의 성장』에 주로 기대서 기술하겠다. 이한구 선생先生께 감사드린다.

다고는 말할 수 없지만, 모든 이성이 완전하다고는 말할 수 없다. 이성은 실수를 저지를 수도 있다.

둘째, 이성이 불완전하므로 이성으로는 절대의 진리를 얻을 수 없다. 우리가 아무리 이성으로 맑고 밝은 생각을 가졌다고 하더라도 그것이 미신이나 편견일 수 있다. 이성의 한계에도 불구하고 이성의 힘으로 절대의 진리를 추구하면 독단에 빠지기 쉽다.

그러나 반증주의는 기존의 합리주의를 전면 부정하지는 않고 다음과 같이 수용하기도 한다.

첫째, 이성은 쓸모가 없지는 않다. 이성은 완전하지는 않지만, 그 이성으로 가설假設과 같은 주장을 만들 수는 있고 그 주장의 옳고 그름을 판별할 수는 있다. 이성이 없다면 가설을 세울 수도, 그것을 경험으로 비판할 수도 없다. 그러므로 진리를 추구하려면 이성을 충분히 활용할 필요가 있다.

둘째, 불완전한 이성으로는 절대 진리를 확정할 수 없지만, 그것에 더 가까이 갈 수는 있다. 이성을 활용하여 주장의 오류를 계속 개선해 나갈 수 있기 때문이다. 따라서 반증주의는 절대 진리를 발견할 수 없으므로 모든 판단이나 진리 추구 활동을 포기해야 한다는 회의주의에는 반대한다. 뿐만 아니라 사람들마다 생각하는 방식이 달라서 대상을 다르게 인식하므로 절대 진리(常眞상진)란 없고 상대 진리(可眞가진)만이 있을 뿐이라는 현상학 따위의 상대주의와도 거리를 둔다. 절대 진리는 없는 것이 아니라 있기는 있으므로, 그것을 얻으려고 노력한다. 그러나 아무리 절대 진리를 추구해 나가더라도, 그 결과가 절대 진리라고 단정하지는 않는다. 그것은 어디까지나 추측일 뿐이기 때문이다.

반증주의는 이성이 완전무결하며, 그 이성으로 절대 진리를 얻을 수 있다는 기존의 합리론을 비판한다. 그러나 이성이 아무런 쓸모가 없다고는 보지 않는다. 비록 불완전하지만 그 이성을 활용하여 가설을 세우고, 경험과 같은 근거를 활용하여 그 가설의 오류를 비판하고 개선하면서 절대 진리에 가까이 가기를 추구한다. 그러므로 반증주의를 '비판적 합리주의'라고도 부른다.

(2) 경험주의의 비판과 수용

중세와는 달리 근대 사회에서는 경험할 수 없는 신성 영역보다는 '자신이 눈으로 보거나 손으로 만져본 경험'이 중요한 관심사가 되었다. 이런 분위기에서 눈 귀 코 입 살로 경험해서만 객관적 진리를 얻을 수 있다고 생각하는 경험주의가 성립하여 발전하여 왔다.

경험주의는 이성 따위는 믿지 않는다. 남의 머릿속에서 내린 판단을 어떻게 믿을 수 있겠는가? 이성으로 앎이란 허망虛妄한 형이상학에 지나니 않는다고 주장한다. 경험론에서는 눈 귀 코 입 살로 확인하는 것, 곧 경험만이 대상을 올바로 알아내는 방법이다.

이 경험주의는 1900년대의 '비엔나 학파'에서 절정을 이룬다. 이들은 경험과 논리만을 신뢰하면서, 경험과 논리에만 의지하여 절대 진리를 얻으려 한다. 이들의 주장을 간추리면 다음과 같다.

첫째, 진리는 경험에 의지해야 한다. 그러나 사람들이 같은 대상을 다르게 경험하기도 하므로 객관 정보를 확보하기가 어렵다. 예컨대 어떤 방 안에서 어떤 사람은 춥다, 다른 사람은 덥다고 한다. 춥다 덥다는 말도 애매하다. 그래서 사람마다 다른, 그리고 막연한 말 대신에 수은주水銀柱의 길이로 춥고 더움에 수치를 부여함, 곧 측정測定을 해야 한다. 이와 같이 경험의 오류나 다양성을 줄이려면 대상을 수치 따위로 단순화, '객관화'하여 경험하여야 한다. 이런 '객관' 경험을 증거로 삼아 어떤 것을 '실제로' 밝히고자 하므로 이것을 실증주의實證主義(positivism)라고 부른다.

물론 실증주의의 '실實'도 따지고 보면 '허虛'에 불과하다고도 볼 수 있다. 수은주의 길이는 사람들이 느끼는 덥고 추움을 대신하여 표현할 뿐, 덥고 추움 그 자체는 아니다. 수은주의 길이로 어떻게 사람마다 다른 오묘한 느낌을 다 표현할 수 있겠는가? 그러므로 온도의 간편 명료함은 많은 정보를 손실한 대가이다. 다른 예를 들어보자. 사과 3개가 있다. 자세히 보면 모양 색깔 크기 맛과 향 따위가 다 다르다. 그런데 3개라고 부르는 것은 모양 색깔 크기 맛 향 따위로 다양하게 이루어진 구체具體(다 갖추어진 몸)의 정보들을 잘라 내버리고 다 같이 1로 처리한다는 의미이다. 이것은 사람마다 다른 여러 느낌의 구체를 수치나 부호符號로 추상화抽象化(잘라내서 그려냄)하여, 획일화함이다. 이런 경험주의는 진정한 의미에서 실제 경험이 아니라 실제 경험과는 거리가 먼 추상된 경험에 의지하므로 '추상 경험주의'라는 비웃음을 당하기도 한다.

둘째, 경험 이외는 논리만을 신뢰할 수 있다. 그런데 논리란 동의어同義語의 반복이다. 1+1=2에서 1+1과 2는 같은 뜻을 달리 말하고 있을 뿐이다. 이런 수학 풀이와 같은 진술은 누구도 부정할 수 없으므로 경험과 같이 논증에 활용할 수 있다. 여기서 왜 경험주의를 '논리실증주의'라고도 부르는지를 알 수 있다.

셋째, 실증을 계속하면 진리를 알아낼 수 있다. 예컨대 동쪽에서 해가 뜨는 것을 반복하여 관찰하면 '동쪽에서 해가 뜬다'라는 보편적 진리, 법칙法則과 같은 진리를 확정할 수 있다. 이처럼 동일한 경험의 반복으로부터 보편적 진리를 얻어내려는 경험주의는 귀납법歸納法을 따른다고 볼 수 있다.

이런 경험주의를 반증주의는 다음과 같이 비판한다.

첫째, 경험은 이론과 분리할 수 없다. 경험이란 이론에 의존하기[5] 때문이다. 경험 결과는 동원된 이론에 따라 달라진다. 예를

---

5)　따라서 경험 결과는 결코 '객관客觀'일 수 없다고 말한다. 그러면 사람들이 어떻게 소통할 수 있는가? 이에 답하려고 나온 개념이 상호주관성相互主觀性(intersubjectivity)이다. 반증의 수단으로 경험을 중요하게 여긴 칼Karl 포퍼Popper도 경험의 이론 의존성을 인정하면서 객관성客觀性(objectivity) 대신에 상호주관성相互主觀性(intersubjectivity)이란 말을 사용한다(이한구, 2004). 상호주관성이란 객관성이 아니라 서로 인정한 주관성이라고 할 수 있다. 사람들이 각자의 주관적 판단을 서로 인정해주기 때문에, 객관성이 없어도 사람들 사이에 경험의 결과를 소통할 수 있다.

들어 의학 이론을 갖추고 있는 사람이 X-ray나 MRI 사진을 보아야 치료에 필요한 정보를 얻어낼 수 있다. 이론에 의지하지 않고는 의미 있는 경험을 할 수 없다. 이것은 사회과학에서도 마찬가지다. 예컨대 '결혼만족도'를 조사할 때, 결혼의 개념이 이론으로 고정되지 않는다면 결혼만족도를 관찰할 수 있을까? '법적으로는 결혼을 했지만 별거 중인 부부'와 '법적으로는 결혼을 하지 않았지만 동거 중인 사람들'을 조사 대상에 포함해야 하는가, 그렇지 않아야 하는가? 결혼을 이론 차원의 개념으로 결정하지 않는다면 어떻게 결혼만족도를 조사할 수 있겠는가?

둘째, 경험의 반복으로 절대 진리를 얻어낼 수 있다는 신념, 곧 귀납법의 추종은 잘못이다. 예컨대 경험의 반복만으로는 '언제나 해가 동쪽에서 뜬다'는 보편 진술이 진리의 법칙임을 확정할 수 없다. 아무리 동쪽에서 해가 뜸을 수수만년 전부터 사람들이 경험하였더라도, 내일도 동쪽에서 해가 뜬다는 것을 아직 경험하지 않았으므로 알 수가 없기 때문이다. 미래에 언젠가 동쪽에서 해가 뜨지 않는다는 것을 딱 한 번만 보아도, '언제나 동쪽에서 해가 뜬다'는 주장은 부정되고 만다. 경험만으로는 절대 진리를 입증立證할 수는 없고 부정만 할 수 있을 뿐이다. 그러므로 귀납법을 추종하는 경험주의자들은 지나치게 '순진'하다.

셋째, 경험으로 절대 진리를 얻어낼 수 있다고 믿으므로, 합리주의처럼 독단주의에 빠져 있다. 이성뿐만이 아니라, 경험으로도 결코 절대 진리에 도달할 수 없다.

반증주의는 이렇게 경험주의를 비판하면서도 다른 한편에서 다음과 같이 수용한다.

첫째, 경험은 진리 탐구의 중요한 수단이다. 경험으로 보편 진리를 긍정할 수는 없지만, 그 진술이 그르다는 것을 확인할 수는 있다. 반증주의에서는 이성으로 만든 보편 진술을 경험으로 부정하면 버리고(기각棄却), 부정하지 못하면 잠정의 진리로 인정한다. 보편 진술을 경험으로 부정하지 못함을 반복하여 확인하면 그 진술이 절대 진리에 가깝다고 추정할 수 있다. 경험의 반복으로 절대 진리에 도달하지는 못하지만 절대 진리에 가까이 갈 수는 있다.

둘째, 경험을 수치 따위로 표준화할 필요가 있다. 반증주의는 경험을 객관화할 수 없다고 믿는 현상학 따위의 주장과는 다르다. 현상학에서는 객관적 실체가 아니라 사람들의 머리나 가슴에서 펼쳐지는 이야기(체험, 현상)를 다룬다. 이런 개인들의 생생한 체험을 수치나 기호와 같은 것으로 단순화하거나 획일화할 수 없다고 믿는다. 그러나 반증주의에서는 상호주관성에 따라 경험을 표준화할 수 있으며 그런 경험이 반증의 수단으로 반드시 필요하다고 믿는다.

셋째, 절대 진리에 다가서려면 경험뿐 아니라 논리에도 의지해야 한다.

이처럼 반증주의가 표준화한 경험을 진리의 판정 기준으로 삼고, 논리를 중요하게 여긴다는 점에서 경험주의 및 논리실증주의의 한 분파로 분류되기도 한다.

2) 반증주의의 과학 절차

반증주의에 따르면 합리주의에서 신봉하는 이성 판단은 완전히 신뢰할 수 없지만 나름대로 유용하고, 경험주의에서 신앙하는 경험으로는 진리 법칙으로 추정되는 진술을 긍정하지 못하지만 부정할 수는 있다. 이성도 경험도 절대 진리 탐구에 절실하다. 그렇지만 이성으로든 경험으로든 절대로 참인 진리는 얻을 수 없다. 다만 이성과 경험으로 진리라고 추정할 만한 진술을 설정하고, 역시 경험과 이성으로 비판하고 개선하여 절대 진리에 접근해 갈 수는 있다. 이런 주장에 기반을 두고 가설 검사 연구 방법이 형성되었다.

(1) 가설 수립

가설 검사 연구 방법에서는 이성으로 이론을 검토하고 구성하여 나름대로 완벽하다고 믿을 만한 진술을 만든다. 그러나 이것을 절대 진리라고 말하지 않는다. 아무리 명석한 학자의 머리(이성理性)로 완벽하게 만들어낸 결론이라도 진리라고 단정할 수는 없다. 이성이 완전하지 않기 때문이다. 그러므로 그 진술은 어디까지나 임시 주장인 가설假設(hypothesis)일 뿐이다. 따라서 모든 이론 논의의 결론은 가설이므로, 그르지 않은가를 경험으로 검사를 받아야 한다. 가설은 일단 참으로 단정해버리고 경험 검사를 면제免除

한 가정假定(assumption)과는 다르다.

(2) 가설 검사

가설을 어떻게 경험으로 검사하는가? 반증주의 원리에 따르면 가설은 결코 긍정하지 못하고 부정할 수 있을 뿐이며, 가설 검사의 목표는 긍정이 아니라 부정이다. 왜 그런가? 이에 답하려면 진술의 종류와 특성들을 먼저 이야기해봄이 바람직하다.

① 단칭진술單稱陳述, 특칭진술特稱陳述, 전칭진술全稱陳述

진술에는 단칭진술, 특칭진술, 전칭(보편)진술이 있다.

단칭진술의 예는 '이 개나리가 노랗다'이다. '이 개나리가 노랗다'의 참거(참과 거짓, 진위眞僞)는 직접 눈으로 확인해 보면 안다. 이런 단칭진술은 직접 경험으로 긍정할 수도, 부정할 수도 있다.

특칭진술의 예는 '어떤 개나리가 노랗다'이다. 이것의 참거는 직접 확인할 수가 없다. 이 세상 모든 개나리들을 한꺼번에 볼 수가 없기 때문이다. 개별 개나리들을 하나하나 살펴본 결과의 진술, 곧 단칭진술로만 이 진술의 참거를 따져야 한다. 하나의 노란 개나리를 발견하여 '그 개나리는 노랗다'는 단칭진술만 얻으면 '어떤 개나리가 노랗다'는 특칭진술을 긍정할 수 있다. 그러나 부정할 수는 없다. 아무리 노랗지 않은 개나리를 수도 없이 발견하고 또 발견하더라도 노란 개나리가 언젠가는 나타날 수 있기 때문이다. 특칭진술은 한꺼번에 경험으로 확인할 수는 없다. 오직 개별 경험으로 긍정할 수 있을 뿐, 부정할 수는 없다.

전칭진술의 예는 '모든 개나리가 노랗다'이다. 이것의 참거도 직접 확인할 수가 없다. 모든 개나리를 한꺼번에 볼 수 없고, 하나하나 살펴본 결과인 단칭진술에 의지하여 참거를 판단하여야 한다. 이 전칭진술은 긍정할 수가 없다. 노란 개나리를 헤아릴 수 없이 보고 또 보아도 앞으로 노랗지 않은 개나리가 나타날 수 있기 때문이다. 그러나 부정할 수는 있다. 노랗지 않은 개나리를 하나만 발견하면 부정할 수 있기 때문이다. 전칭진술은 긍정은 못하고 부정만 할 수 있다(표 1-2).

[표 1-2] 진술들의 부정과 긍정의 가능성

진술 종류	사례	가부 확인 방법	부정	긍정
단칭	이 개나리가 노랗다	직접 경험	가	가
특칭	어떤 개나리가 노랗다	단칭진술 의존	불가	가
전칭(보편)	모든 개나리가 노랗다	단칭진술 의존	가	불가

② 가설은 왜 전칭진술인가?

전칭진술이 왜 부정만 가능한가를 설명하였다. 이제 가설이 왜 전칭진술인가를 살펴보면, 가설이 왜 부정만 가능한가를 알 수 있다.

'이 개나리가 노랗다'(단칭진술)와, '이 세상에 어떤 개나리가 노랗다'(특칭진술)를 확인했더라도 처음 보는 개나리가 명년 봄에 노랗게 필지를 알 수가 없다. 그러나 '모든 개나리가 노랗다'(전칭진술)를 알면 한 겨울 객창客窓 밖의 잎 진 개나리 나무에 봄이 되면 노랗게 꽃이 필 것을 미리 알 수 있다. 이를 좀 더 위급한 상황에 적용해보자. '이 위암 환자가 이 신약을 먹으면 낫는다', '이 세상 그 어떤 위암 환자가 이 신약을 먹으면 낫는다', '모든 위암 환자가 이 신약을 먹으면 낫는다'는 진술 가운데, 어떤 진술을 들은 위암 환자가 망설이지 않고 '이 신약'을 먹을 가능성이 크겠는가? 어떤 진술이 더 많은 정보를 담고 있고, 더 쓸모가 있는가?

전칭진술은 법칙을 기술한다. 법칙을 알면 사태를 미리 보고 대비할 수 있다. 반증주의자들은 전칭진술로 이루어진 보편진리, 곧 법칙을 발견하고자 노력하며 가설도 전칭진술로 이루어져야 좋다고 믿는다. 가설은 법칙을 기술하는 전칭진술로 이루어져 있으므로 긍정할 수는 없고 부정할 수만 있다.

③ 가설 검사의 목표

가설 검사의 목표는 가설을 버릴(기각) 것인가, 버리지 않을 것인가를 결정함이다. 가설을 부정하면 가설을 버린다. 부정하지 못하면 가설을 버리지 않고 진리로 대접한다. 그러나 이것은 절대진리가 아니다. 또 다른 경험으로 검사하여 부정될 수도 있기 때문이다.

3) 반증주의 과학 방법의 원칙들

연구자는 이성의 판단에 따라 나름대로 완벽하다고 할 만한 가설(전칭진술)을 세우고, 그것을 경험으로 반증하려고 노력한다. 반증에 성공하면 그 가설은 버리고, 성공하지 못하면 일단 잠정 진리로 인정한다. 그리고 그 가설을 당분간의 진리로 인정했더라도 경험 검사의 도마 위에서 내려놓지 않는다. 가설이 더 많은 경험 검사에서 기각되지 않을수록 진리에 가깝다고 믿는다. 그러나 결코 진리라고 말하지 않는다. 얼마나 겸손한 자세인가?

이것을 간추리면 다음과 같다.

첫째, 냉정한 이성으로 이론을 논의하여 가설을 세운다.

둘째, 이 가설은 경험으로 부정할 수 있어야 한다. 부정할 수 없는 진술은 가설이 아니다.

셋째, 가설을 부정하려고 검사하여, 가설을 부정할 수 있으면 가설을 버린다(기각棄却).

넷째, 가설을 부정하지 못하면, 다음 경험 검사로 부정하기 전까지는 진리로 인정한다.

다섯째, 더 많은 경험 검사에서 부정되지 않은 가설일수록 진리에 가깝다.

여섯째, 많은 경험 검사에서 살아남은 가설이 많아질수록 지식이 성장한다.

3. 가설 검사 논문의 짜임

논문이란 연구의 과정과 절차를 기술한 글이다. 그렇다면 가설 검사 논문은 어떻게 짜이는가?

1) 가설 검사 논문의 짜임 요소

가설 검사 연구도 연구문제, 풀이, 답으로 이루어진다. 다만 다른 유형의 연구들과는 달리 풀이 과정이 두 단계로 나뉜다. 이 연구가 반증주의의 원칙을 따르므로, 먼저 이성에 의지하여 이론 차원에서 연구문제의 완벽한 해답을 구한다. 이 해답이 곧 가설이다. 다음으로는 그 해답이 그른지 그르지 않는지를 경험으로 검사한다. 그래서 풀이 과정은 가설을 세우는 이론 단계와 가설을 부정하려고 검사하는 경험 단계로 이루어진다(표 1-3). 그리고 이 경험 단계는 다시 가설 검사에 필요한 자료의 수집 및 분석 방법을 결정하는 단계와, 자료의 분석 결과로 가설의 기각 여부를 판정하는 단계로 나뉜다(표 1-3).

이런 연구 절차를 따라서[6] 가설 검사 논문은 연구문제를 밝히

---

6)　논문이 반드시 연구 순서를 따라서 작성될 필요는 없다. 그러나 많은 연구

[표 1-3] 연구 단계와 논문의 구성 요소

일반 연구	가설 검사 연구		가설 검사 논문
연구문제	연구문제		서론
풀이	가설 설정		이론 검토
	가설 검사	자료 수집 및 분석 방법 결정	자료 수집 및 분석 방법
		가설 기각 여부 판정	가설 검사
답	결론		결론

는 서론(1장), 가설을 세우는 이론 검토(2장), 경험 조사에 필요한 자료 수집 및 분석 방법(연구방법[7])의 기술(3장), 가설 검사(분석 결과[8])의 설명(4장), 결론(5장)으로 이루어진다(표 1-3). 여기에 제목

자들이 이러한 연구 순서를 많이 따른다. 무엇보다도 그래야 논리의 전개가 쉽기 때문이다. 이것은 반드시 삶의 순서를 따라 회고록을 작성할 필요는 없지만, 그 순서를 따르는 것이 이야기 전개에 편리한 것과 같다.

7) 흔히 연구방법이라고 쓴다. 그런데 가설을 세우려고 이론을 검토함도 중요한 연구인데, 이것이 포함되지 않은 자료의 수집 및 분석 방법을 연구방법으로 부르는 것은 과장이라고 할 수 있다. 아마도 research methode의 research가 study와는 약간 다른데도 동일하게 연구로 번역하는 관습에서 오는 실수로 보인다.

8) 흔히 '분석 결과'라고 쓴다. 자료의 분석 결과에 따라 가설의 기각 여부를 판정하므로 그렇게 쓸 수도 있으나, '가설 검사'로 쓰는 것이 이 4장의 목표를 분명하게 제시할 수 있어서 좋다.

이 추가된다.

2) 논문 구성 요소들은 이론과 경험 영역 중에 어디에 속하는가?

설문지 가설 검사 논문에서 제목, 서론, 이론 검토, 자료 수집 및 분석 방법, 가설 검사, 결론이 각각 이론 및 경험 영역 중에서 어디에 속하는가? 이것을 알면 논문을 쓸 때 혼동을 많이 줄일 수 있다.

제목과 서론은 이론과 경험 영역 모두에 속한다.

풀이 과정 가운데 하나인 이론 검토(2장)는 이론을 논의하여 연구문제에 대한 이론 차원의 해답인 가설을 세우는 것이므로 이론 영역에 속한다. 여기서 기존의 경험 자료를 활용할 수는 있지만 그것은 어디까지나 이론 논의의 보조 재료일 뿐이다. 물론 가설도 이론 영역에 속한다. 가설이 경험 검사의 대상이 된다고 해서 경험 영역으로 착각해서는 안 된다.

자료 수집 및 분석 방법(3장)은 가설 기각에 긴요한 경험 방법을 고려하는 곳이므로 경험 영역에 속한다.

자료의 분석 결과에 따라 가설의 기각 여부를 판정하는 '가설 검사(분석 결과)'도 경험 영역에 속한다. 그러나 최종 단계에서는 분석의 결과(경험)와 가설(이론)을 대질對質하여 가설의 기각 여부를 판정하므로 이론과 무관하지는 않다.

결론에서는 이론 논의와 경험 검사를 종합하여 연구문제의 답을 내린다. 그러므로 이론과 경험 영역 모두에 속한다고 볼 수 있다.

이상의 논의를 표로 정리해보자.

[표 1-4] 가설 검사 논문의 구성 요소들의 특성

논문 요소	이론·경험 영역 관련성
제목	이론, 경험에 모두 속함
서론	이론, 경험에 모두 속함
이론 검토	이론에 속함
자료 수집 분석 방법	경험에 속함
가설 검사	경험에 속함(이론과 대질)
결론	이론, 경험에 모두 속함

4. 5대목 통일론

가설 검사 논문에서는 연구문제를 간결하게 축약한 제목, 서론(1장)에서 제시하는 연구문제, 이론 검토(2장)의 결론에 해당되는 가설, 가설 검사에 필요한 자료 수집 및 분석 방법(3장), 가설 검사

(4장)의 목차, 결론의 핵심 내용이 중요한 대목들이다.

서론의 연구문제는 서론의 결론이며, 연구를 이끌어가는 깃발과도 같다. 이것을 축약한 것이 제목이므로 제목과 연구문제는 표현의 형식은 달라도 내용은 동일해야 한다.

이론 검토의 목적은 이론 차원에서 연구문제의 해답인 가설을 세우는 것이다. 가설은 이론 검토의 결론이다. 이것은 연구문제의 잠정 해답이므로 연구문제와 아귀가 맞아야 한다. 제시된 가설들의 내용이 연구문제보다 부족해서도, 넘쳐서도 좋지 않다. 그러므로 제목과 연구문제와 가설의 내용들이 서로 통일된 관련을 맺고 있어야 좋다.

가설 검사 방법(3장)의 목적은 가설의 기각을 시도하기에 가장 적합한 자료의 동원과 분석 방법을 제시함이다. 이것의 내용은 가설에 따라서 달라질 수밖에 없으므로, 가설과 밀접한 관련성을 가져야 한다. 그러나 연구를 할 때마다 자료의 현실 상황을 고려해야 하므로 겉으로 그 통일성을 드러내기는 어렵다.

가설 검사(4장)의 목적은 자료를 분석하여 그 결과로 가설의 기각 여부를 판정함이다. 여기서는 가설들의 기각 여부가 불붙은 눈썹(焦眉)과 같은 관심사이다. 따라서 가설을 중심으로 목차를 편성함이 마땅하다. 가설 검사의 목차들은 가설과 내용뿐만 아니라 형식에서도 통일된 관련을 맺고 있어야 좋다.

결론의 핵심은 연구문제의 답이다. 이것은 가설의 기각 여부에 따라서 달라진다. 그러므로 결론의 핵심은 제목, 연구문제, 가설,

가설 검사의 목차와 통일된 연관성을 보여주어야 한다.

그러므로 첫째 제목, 둘째 연구문제, 셋째 가설, 넷째 가설 검사의 목차, 다섯째 결론이라는 다섯 대목이 통일된 관련성을 가져야 한다. 이것을 5대목 통일론이라고 부르기로 하자.

이것을 예를 들어서 설명해보자.

'부부관계가 둘째 자녀 출산 의도에 미치는 영향'(김은경, 2012)의 목차와 각 목차 아래 담긴 핵심내용은 다음과 같다[9].

[표 1-5] 5대목 통일 논문의 사례

제목

부부관계가 둘째 자녀 출산 의도에 미치는 영향

1장   서론

– 실천적 필요성

  출산율을 높이려면 부부관계가 둘째 자녀의 출산 의도에 미치는 영향에 대한 연구가 필요함

– 학문적 필요성

  이에 대한 연구가 부족, 질적으로도 문제가 많음

– 연구문제

  출산율을 높이려면 부부관계가 둘째 자녀의 출산 의도에 미치는 영향에 대한 연

---

9)   원래 논문의 목차와 내용을 이 책의 서술에 적합하도록 약간 변형하였다.

구가 필요함에도 불구하고 이에 대한 연구가 부족하므로, **부부관계가 둘째 자녀 출산 의도에 미치는 영향에 대해서 연구하고자 한다.**

2장 부부관계와 둘째 자녀 출산 의도의 이론적 관계

　　제1절 둘째 자녀 출산 의도

　　제2절 부부관계

　　제3절 부부관계와 둘째 자녀 출산 의도의 관계

　　제4절 가설

　　　1. **부부관계의 정서적 요소**

　　　　가설 1-1 부부가 대화를 많이 할수록 둘째 자녀의 출산 의도가 크다.

　　　　가설 1-2 부부의 견해가 유사할수록 둘째 자녀 출산 의도가 크다.

　　　　가설 1-3 부부가 서로 믿을수록 둘째 자녀 출산 의도가 크다.

　　　2. **부부관계의 성적 요소**

　　　　가설 2 부부의 성관계가 좋을수록 둘째 자녀 출산 의도가 크다.

　　　3. **부부관계의 활동적 요소**

　　　　가설 3-1 부부가 같이 정적 여가활동을 많이 할수록 둘째 자녀 출산 의도가 크다.

　　　　가설 3-2 부부가 같이 동적 여가활동을 많이 할수록 둘째 자녀 출산 의도가 크다.

　　　4. **부부관계의 가족교류 요소**

　　　　가설 4-1 부부가 시댁교류를 많이 할수록 둘째 자녀 출산 의도가 크다.

　　　　가설 4-2 부부가 친정교류를 많이 할수록 둘째 자녀 출산 의도가 크다.

3장 자료수집 및 분석 방법

4장 부부관계와 둘째 자녀 출산 의도에 관한 가설 검사

제1절 부부관계의 정서적 요소와 둘째 자녀 출산 의도

　가설 1-1, 1-2, 1-3 기각 여부 판정

제2절 부부관계의 성적 요소와 둘째 자녀 출산 의도

　가설 2 기각 여부 판정

제3절 부부관계의 활동적 요소와 둘째 자녀 출산 의도

　가설 3-1, 3-2 기각 여부 판정

제4절 부부관계의 가족교류 요소와 둘째 자녀 출산 의도

　가설 4-1, 4-2 기각 여부 판정

5장 결론

부부가 같이 정적 여가활동을 많이 할수록 둘째 자녀 출산 의도가 크다. 부부가 시댁교류를 많이 할수록 둘째 자녀의 출산 의도가 크다. 그러나 부부가 대화를 많이 할수록, 부부의 견해가 유사할수록, 부부가 서로 믿을수록, 부부의 성관계가 좋을수록, 부부가 같이 동적 여가활동을 많이 할수록, 부부가 친정교류를 많이 할수록 둘째 자녀 출산 의도가 크다고 말하기는 어렵다. 왜냐하면 이에 관한 가설들이 경험차원에서 기각되었기 때문이다. 그러나 이차 자료를 사용하다 보니, 척도의 타당도 문제가 적지 않아서 이런 결과가 나왔다고도 볼 수 있다. 적합한 조사로 가설 검사가 다시 시도될 필요가 있다.

– 결론의 실천적 함의

　연구결과에 따르면, 정적 여가활동과 시댁교류를 증진시키는 정책과 프로그램의 개발이 필요하다.

– 결론의 이론적 함의

　연구결과에 따르면, 정적 여가활동과 시댁교류와 같이 부부관계를 돈독하게 해주는 부부의 공동 활동과 가족 교류의 변인들이 자녀의 출산 의도에 미치는 영향 따위를 더 연구할 필요가 있다.

위 논문의 제목은 '부부관계가 둘째 자녀 출산 의도에 미치는 영향'이다. 연구문제는 '부부관계가 둘째 자녀 출산 의도에 미치는 영향에 대해서 연구하고자 한다'에 들어 있는데, 그것은 '부부관계가 둘째 자녀 출산 의도에 미치는 영향을 미치는가?'이다. 제목은 간결체로, 연구문제는 완전한 문장으로 표현되어 있지만, 이 둘의 내용은 동일하다.

가설은 부부관계의 정서적 요소, 부부관계의 성적 요소, 부부관계의 활동적 요소, 부부관계의 가족교류 요소로 나누어서 설정하였다. 제목을 보면 독립변인은 부부관계이고 종속변인은 둘째 자녀 출산 의도이다. 종속변인인 둘째 자녀 출산 의도는 단일하다고 볼 수 있다. 물론 이것도 이론 차원에서 전혀 분류할 수 없는 것은 아니다. 독립변인인 부부관계는 한 차원으로 보기에는 무리가 따른다. 그래서 부부관계를 네 분야로 분류했다. 이렇게 분류한 분야들이 부부관계 요소들을 빠짐없이 포괄하고 있는지(포괄성), 그리고 각각 분야들 사이에 내용이 겹치지는 않는지(배타성)는 논쟁의 대상이 될 수도 있다. 그렇지만 일단 포괄성과 배타성이 있다고 가정하자. 그리고 각 분야별 독립변인들도 포괄성과 배타성의 원칙에 어긋나지 않는다고 가정하자. 이러한 가정 위에서 본다면 가설들은 제목 및 연구문제와 아귀가 맞는다고 볼 수 있다.

위 논문에서는 가설에 따라서 가설 검사(4장)의 목차가 정리되어 있다. 따라서 가설 검사의 목차가 제목, 연구문제, 가설과 통일된 연관을 맺고 있다.

결론의 핵심이 가설의 기각 여부에 따라서 잘 정리되어 있다.

그러므로 위 논문에서는 제목, 연구문제, 가설, 가설 검사의 목차, 결론 핵심이 통일된 연관을 가진다고 보아야 한다.

가설 검사 논문의 다섯 대목들은 형식은 달라도, 각각의 아귀들은 서로서로 딱 들어맞아야 좋다. 다섯 가지가 통일된 연관을 이루지 않는 논문은 최소한 논문 형식의 측면에서는 좋지 않다고 말할 수 있다. 형식이 바르지 않은 논문이 좋은 논문이 될 가능성은 적다. 특히 공부하는 학생들의 논문은 더욱 그렇다. 자기 논문을 쓸 때도 이 다섯 대목을 통일시키려고 노력하고, 남의 논문을 평가할 때도 이것을 눈여겨봄이 바람직하다.

3장

각 장의 할 일들

논문은 문제를 제시하고 해결하는 과정과 결과를 기술하는 것이므로, 처음부터 끝까지 일맥상통해야 한다. 연구자는 비판자의 공격을 항상 염두에 두고 글을 써야 하므로, 적의 공격을 염두에 두고 전쟁을 지휘하는 사령관과 다를 바 없다. 훌륭한 사령관은 전투 목표를 분명하게 설정하고 예하隸下 부대의 지휘자와 사병, 무기를 포함한 군수 물자를 승리에 최대한 기여하도록 역할을 배당하고 관리한다. 좋은 연구자는 연구문제를 분명하게 설정하고, 논문의 각 장과 절은 물론 문장과 단어까지 연구문제를 해결하는 데 봉사하도록 한다. 그러므로 논문을 잘 쓰려면 논문의 각 장의 역할이 무엇인지부터 분명하게 알아야 한다.

1. 논문의 제목

제목은 연구문제의 간결한 표현이다.

1) 제목의 목표

제목은 연구 주제를 짧게 표현한 말이다. 주제란 결국 연구문제이므로, 제목은 서론에서 제시한 연구문제를 줄여서 표현하는 것일 수밖에 없다. 다만 표현 방식이 연구문제와는 다르다. 연구문제는 완전한 문장으로, 제목은 대개 명사로 끝나는 줄임 형식으로 표현한다. 제목의 목표는 연구문제를 간단명료하게 나타냄이다.

2) 제목 달기의 원칙

제목을 달 때는 다음과 같은 두 가지 원칙을 지키는 것이 좋다.

(1) 연구문제와 통일 원칙

제목은 연구문제를 다 포괄해야 한다. 앞에서 예로 든 논문의 연구문제는 '부부관계가 둘째 자녀 출산 의도에 영향을 미치는가'인데, 제목을 '부부관계의 정서적 요소가 둘째 자녀 출산 의도에 미치는 영향'이라고 하였다면, 부부관계가 정서적 관계만이 아니므로 연구문제를 다 포괄하지 못한다. 이것은 미포괄未包括의 오류이다.

그런가 하면 제목이 연구문제에 없는 내용을 담고 있어서도 안 된다. 같은 논문의 제목을 '부부관계가 출산 의도에 미치는 영향'으로 잡았다면, 첫째나 셋째 아이의 출산 의도까지 다루는 것으로 오해받기 쉽다. 이것은 과장誇張의 오류이다.

(2) 검약儉約의 원칙

대부분의 글들이 그렇지만 특히 제목은 간결해야 한다. 그러므로 제목을 확정할 때는 '마른 수건을 짜고 짜듯' 하여 더 이상의 군더더기가 없도록 해야 한다.

예컨대 앞의 논문의 제목을 '한 명의 아이를 둔 기혼 여성과 남성의 부부관계의 분야별 특성이 여성의 둘째 자녀 출산 의도에 미치는 영향에 관한 실증적 연구'라고 했다고 하자. 이 제목은 내용에서는 문제가 없다. 그러나 군말이 많다. 둘째 자녀라는 말이 있으므로 '한 명의 자녀를 둔'은 군더더기이다. '부부관계'란 말 속에 '기혼', '남성과 여성'의 의미가 포함되어 있다. 그리고 부부관계는 여러 분야로 갈라지기 마련이므로 '분야별 특성'도 불필요하다. 실증적이란 말도 구태여 할 필요가 없다. 대개 이런 연구들은 설문지 자료를 활용하여 가설을 검사하는 연구라는 것을 사람들이 다 알고 있다. 가설 검사 논문에는 가설 부정을 위한 '실증'이 들어가므로 '실증적'이란 말을 구차하게 넣을 필요가 없다. '~에 관한 연구'도 논문이 연구를 전제로 한 것임을 알고 있으므로 꼭 필요하지는 않다. 그래서 제목을 '부부관계가 둘째 자녀 출산 의도에 미치는 영향'으로 함이 좋다.

3) 제목 달기의 단계

제목을 달 때에는 다음 두 단계를 거치는 것이 좋다.

(1) 연구문제를 충실하게 담아내는 단계

제목은 연구문제가 확정되지 않으면 정할 수가 없다. 처음 논문을 시작할 때는 대개 연구 분야만이 정해지기 마련이다. 그러다가 기존 연구와 자료를 검토하고, 스스로 관련 분야를 직간접으로 경험하면서, 연구문제를 좁히며 명료하게 만들어간다. 연구문제가 분명해지기 시작하면 제목을 달아보는 것도 좋다. 제목은 연구문제의 축약이므로 제목을 달려고 노력하다 보면 연구문제가 더욱 명료해진다. 연구문제가 분명해야 제목을 잘 달 수 있지만, 제목을 분명하게 달다보면 연구문제가 정리된다. 이 단계에서는 검약의 원칙은 일단 무시하고 제목으로 연구문제의 내용을 정확하게 표현하는 데 초점을 맞추는 것이 좋다. 의미와 단어가 중복되어도 상관이 없다. 표현의 간결성보다는, 연구문제의 명확함이 중요하다.

(2) '마른 수건 짜기'의 단계

다음 단계에는 검약의 원칙에 충실해야 한다. 연구문제가 분명해지면 제목의 표현을 간명하게 하려고 '마른 수건을 거듭 짜야' 한다. 이것은 논문을 써가면서, 심지어 논문의 완성 단계에서 해도 상관없다.

4) 제목에서 자주 보는 실수들

제목이 잘못되면 논문의 첫인상부터가 나빠진다. 자주 보는 잘못은 다음과 같다.

(1) 대책 연구

'~에 미치는 영향과 대책에 관한 연구'처럼 대책 연구가 포함된 논문 제목이 있다.

'~에 관한 영향'은 전형적 가설 검사 논문의 주제이다. 그러나 대책은 가설 검사 논문의 대상이 되기 어렵다. 대책은 아직 발생하지 않았으니 경험 자료가 없으므로, 대책에 관한 아무리 좋은 가설을 세웠더라도 검사를 할 수 없기 때문이다. 그러므로 가설 검사 연구와 대책 연구를 같이 하겠다 함은 한 전기밥솥으로 한꺼번에 밥도 짓고 죽도 쑤겠다는 것과 같다. 물론 함의에서 대책을 언급하기도 한다. 그러나 함의는 결론의 덤이지 결론이 아니므로 논문의 주제에서는 벗어난다. 가설 검사 논문을 쓰려면 '대책'을 제목에서 빼는 것이 좋다.

(2) 독립변인이 명시되지 않은 연구

'~에 영향을 미치는 요인에 관한 연구'와 같은 논문 제목들이 있다. 영향 요인은 셀 수 없을 정도로 많다. 그런데 그 많은 요인들을 어떻게 다 고려하여 가설을 세울 수 있겠는가? 책을 여러 권을 써도 그 많은 가설을 다 제시할 수 없다. 그리고 그 많은 가설을 검사할 수 있는 자료를 어떻게 수집하고 분석할 수 있겠는가? 따라서 이 제목은 과장되었다고 볼 수 있다.

2. 서론

서론의 결론은 연구문제다.

1) 서론의 목표

서론이란 논문을 시작하면서 연구의 목표를 제시하는 글이다. 연구 목표는 연구할 문제(question)의 풂이다. 그러므로 서론의 목표는 연구문제를 밝힘이다.

그런데 논문의 연구문제는 수학 시험 문제와는 다른 점이 있다. 수학 시험에서는 이미 주어진 문제를 풀지만, 과학 연구에서는 연구자가 스스로 연구문제를 찾아내야 한다.

이 연구문제의 풀이가 현실의 난제難題(problem)[10]를 해결하는 데 쓸모가 있고(실천적[11] 필요성), 해당되는 학문 분야에 기여하여야(학문적 필요성) 한다. 이 두 조건이 모두 충족되지 않으면 연구문제는 폐기되어야 한다. 서론의 핵심 논지는 '이 연구문제의 풀이가

---

10) problem도 흔히 문제라고 번역하면서 문제(question)와 혼선을 빗곤 한다.

11) 여기서 실천은 미시적인 임상 실천 따위만을 뜻하지 않는다. 정책도 현실 문제를 풀려고 세우고 실행하므로 당연히 실천이다.

의미 있는 실천과 학문 발전에 필요하므로 그 문제를 탐구한다'
는 방식으로 펼쳐질 수밖에 없다.

따라서 연구문제는 서론의 결론이다.

2) 연구문제(question)의 역할과 형식

(1) 논문에서 연구문제는 어떤 역할을 맡는가?

연구의 목적은 연구문제의 답을 구하는 것이므로, 연구문제는
연구 논문의 최종 목적지를 알리는 깃발과도 같다. 이 깃발이 없
으면 아무리 좋은 길잡이(내비게이션)도 쓸모가 없다. 목적지를 입
력하지 않으면 길잡이가 어떻게 길을 알려주겠나? 논문 작성자
는 길잡이처럼 한 순간도 이 목적지를 놓치면 안 된다. 제목을 달
고 서론을 쓸 때도, 이론을 검토하여 가설을 내세울 때에도, 자료
를 수집하여 통계 처리를 할 때에도, 통계 분석한 결과를 가설과
대질할 때에도, 결론을 맺을 때에도 이 목적지의 깃발을 기준으로
삼아 글의 논리를 살펴야 한다. 그렇지 않으면 논문이 길을 잃고
빙빙 돌기 마련이다.

그리고 연구문제는 논문의 5대목 가운데에서도 머리에 해당한
다. 머리띠인 제목의 내용을 결정하고, 논문의 허리와 같은 가설
의 내용을 한정해 준다. 좋은 연구문제는 제목과 내용이 동일하
며, 가설과도 아귀가 딱 들어맞는다. 제목과 가설에 견주어 넘치

지도 부족하지 않는다.

(2) 연구문제는 왜 인과관계 형식을 띠는가?

앞에서 반증주의는 특칭진술이나 단칭진술보다는, '모든 개나리는 노랗다'와 같은 보편진술을 선호한다고 이야기하였다. 그런데 이것은 이해를 도우려고 든 사례일 뿐이다. 단순히 '모든 개나리가 노랗다'처럼 현재 상태를 묘사하는 보편진리는 실제로 쓸모가 많지 않다. 사람들은 노랗지 않은 것은 개나리가 아니라는 것을 알고 있으므로 모든 개나리가 노란지를 애써 연구할 필요가 없다. 마찬가지로 첫째 아이를 가진 모든 부부가 출산 의지를 가지는지를 확인할 필요는 크지 않다. 부부마다 그 출산 의지가 다르다는 것은 많은 사람이 상식으로 알고 있기 때문이다. 알고 싶은 것은 출산 의지가 어떤 요인 때문에 다를까이다. 보편적 상태보다는 인과관계의 법칙을 알아보는 연구가 쓸모가 더 많다. 그러므로 가설 검사 논문에서는 어떤 요인들이 사람들 사이의 차이를 야기하는가를 밝히고자 한다. 이것은 독립변인과 종속변인의 관계를 확인함이다.

물론 얼마나 많은 사람들이 강한 출산 의지, 약한 의지를 가지는지, 또는 가지지 않는지를 아는 것도 정책을 입안하는 데 중요하다. 그러나 이것을 가설 검사의 형식으로는 알기 어렵다. 이 점은 뒤에서 이야기하기로 하자.

따라서 설문지 가설 검사 논문의 연구문제는 "부부관계가 둘째 자녀 출산 의도에 영향을 미치는가?"와 같이 독립변인과 종속변인의 관계 유무를 알아보는 형태로 이루어져야 좋다. 'ㄱ이 ㄴ에 영향을 미치는가?'라는 형태를 띠지 않은 연구문제는 엉터리일 가능성이 크다.

(3) 좋은 연구문제란?

좋은 연구문제가 되려면 어떤 조건들을 갖추어야 하는가?

① **연구문제의 답이 쓸모가 있어야 한다**(실천적 필요성).

물론 연구문제 답의 쓸모는 사람마다 다르다. 예를 들면 어떤 마약 중독 연구 결과가 마약 판매회사에게는 쓸모가 없지만, 마약 퇴치본부에게는 쓸모가 있을 수 있다. 연구자의 인생관 및 처지에 따라 해결해야 할 사회 난제(social problem)의 설정부터, 난제의 대책, 대책에 필요한 연구 결과까지 다를 수밖에 없다. 연구의 쓸모란 결국 연구자가 생각하는 쓸모이다. 이것은 남의 공감과 지지를 받을 수도 있고 그렇지 않을 수도 있다. 어떻든 연구가 개인이나 사회 전체의 편익을 증진하는 데 쓸모가 있어야만 연구의 실천적 필요성이 있다. 쓸모가 없는 연구는 할 필요가 없다.

② 창의성創意性이 있어야 한다(학문적 필요성).

새롭지 않은 연구문제는 가치가 없다. 창의 있는 연구문제가 되려면 그것이 기존 연구 성과를 넘어서 한 걸음 더 나아가려는 시도를 담고 있어야 한다. 이것을 '앞 사람들의 어깨 위에 선다'고 말한다. 심지어 기존 연구와 동일한 가설을 검사하더라도 자료 혹은 자료의 분석 방법이라도 달리해야만 연구할 가치가 있다. 새로운 연구문제를 풀었을 때라야 학문 분야에 기여할 수 있고, 기여할 수 있어야 연구할 필요가 있다. 연구문제의 창의성은 학문 차원의 연구 필요성과 직결된다.

③ 연구문제의 해결이 어려워야 한다.

답이 너무 뻔한 연구문제는 좋지 않다. '부부 갈등이 결혼만족에 미치는 영향'은 연구를 안 해도 알 수 있으므로 연구문제로 좋지 않다. 이것은 수수께끼의 답이 뻔하면, 수수께끼가 될 수 없는 것과 같다. 답이 뻔한 수수께끼처럼 연구 결과가 뻔한 연구문제는 풀 필요가 없다. 연구문제는 어려워야 한다.

그런데 연구문제가 어려운지는 서론에서 구태여 밝히지 않아도 된다. 어렵지 않은 연구문제는 아예 연구문제가 될 수 없기 때문이다.

④ 답을 얻을 수 있을 정도로 쉬워야 한다.

아무리 해결할 필요성이 큰 연구문제라도 연구자가 해결할 수 없으면 좋은 연구문제가 아니다. 특히 가설 검사 논문에서는 가설 검사의 필수 자료를 동원할 수 있느냐가 관건關鍵이 된다. 자살한 사람들을 상대로 왜 자살했는지를 연구하는 것은 실천적, 학문적 필요성이 크지만 조사할 수가 없다. 가설 검사에 필요한 자료를 동원할 수 없는데도 연구를 시도하는 것은 답이 없는 수수께끼를 풀려는 것과 같다. 좋은 연구문제는 수수께끼처럼 풀기가 어렵지만, 풀 수 있을 만큼은 쉬워야 한다. 어려우면서도 쉬워야 한다. 논문의 대량 생산을 강요하는 한국 사회에서 겉으로는 어렵고 속으로는 쉬운 연구문제가 최고로 좋지 않을까?

그런데 연구문제가 풀 만할 정도로 쉽다는 점도 서론에서는 언급할 필요가 없다. 당연히 그래야 하기 때문이다. 해결할 수 없는 문제로는 아예 논문을 쓸 수가 없다. 그래서 석·박사 논문의 예비논문 심사에서는 이 점이 매우 중요한 점검 사항이다.

3) 서론의 짜임

서론은 연구의 실천적, 학문적 필요성을 기반으로 연구문제를 밝히는 것이다. 그래서 서론은 연구의 실천적 필요성, 연구의 학문적 필요성, 연구문제의 서술이라는 세 부분으로 구성함이 좋다.

이 세 가지의 순서는 정해져 있지 않다. 서론의 결론인 연구문제를 앞에(두괄식頭括式), 또는 뒤에(미괄식尾括式) 쓸 수 있다. 실천적 필요성과 학문적 필요성의 순서를 바꿀 수도 있다. 심지어 두 필요성 중의 하나를 생략할 수도 있다. 예컨대 학문적 논란이 분분한 연구문제인 경우에는 쟁점을 나름대로 정리하면서 연구문제를 밝힐 수도 있다.

그렇지만 글쓰기에 숙달되지 않은 사람은 연구의 실천적 필요성, 학문적 필요성, 연구문제의 순서대로 써가는 것이 좋다. 왜 그런가?

연구문제가 뒤로 가는 것이 왜 좋은가부터 이야기해 보자. 연구문제는 서론의 결론이다. 결론의 머리 밝힘(두괄식)은 결과(결론)를 앞세우고 원인을 뒤따르게 하고, 꼬리 밝힘(미괄식)은 원인을 앞세우고 결과를 뒤에 놓는다. 논리의 흐름은 원인이 앞이고 결과가 뒤이므로, 머리 밝힘보다는 꼬리 밝힘이 글을 몰고 가기에 더 쉽다. 머리 밝힘은 후진後進, 꼬리 밝힘은 전진前進과 같다. 아이가 걸음마를 배울 때 후진後進부터 하는가?

그리고 연구의 학문적 필요성보다는 실천적 필요성을 먼저 다루는 것이 좋다. 연구를 위해서 실천이 있는 것이 아니라 실천을 위해서 연구가 있으므로, 현실에서 필요한 연구문제를 정한 다음에 관련 연구들을 확정하고 검토하면서 학문적 필요성을 다루는 것이 편리하기 때문이다.

서론은 연구의 실천적 필요성, 학문적 필요성, 연구문제의 순서로 기술하는 것이 용이하다. 이 길을 먼저 익혀두면 다른 길도 잘 찾아갈 수 있다. 법고창신法故創新, 옛것을 본받아 새로운 것을 창조함이 좋지 않을까?

(1) 연구의 실천적 필요성

이 글 마디의 목표는 연구의 실천적 필요성을 밝힘이다. 실천적 필요성이란 연구문제의 풀이 결과가 쓸모 있다는 뜻이다. 따라서 연구의 실천적 필요성은 연구 대상인 연구문제를 찾는 일과 분리할 수 없다.

① 연구의 실천적 필요성 쓰기의 어려움

이 연구의 실천적 필요성은 작성하기가 매우 어렵다. 논문 전체에서 글쓰기가 가장 어려운 곳이 서론이고, 서론 중에서도 가장 어려운 곳이 연구의 실천적 필요성이다. 논문을 쓰다 보면 논문의 첫 머리가 끝까지 애를 먹인다. 그래서 심지어 논문을 다 써갈 무렵에 서론의 앞부분을 작성하는 연구자도 있다.

연구의 실천적 필요성을 밝히기가 어려운 것은 무엇보다도 그것의 선행 조건인 연구문제의 확정이 쉽지 않기 때문이다. 해결할 필요가 있는데도 남들이 해결하지 않았고, 어려우면서 풀어낼 수는 있을 만큼 쉬운 연구문제가 흔하지 않다. 또 다른 이유는 연구문제를 수색하면서 연구의 실천적 필요성을 찾아가는 고정된 글틀이 없기 때문이다.

이런 글쓰기의 어려움을 쉽게 극복할 묘책은 없다. 다만 다음과 같은 글쓰기의 요령을 알아두는 것이 조금은 도움이 된다.

첫째, 글을 잘 쓰려면 설계를 해야 한다. 논문 전체를 구성하는 장과 절은 말할 것도 없고, 소절小節까지도 미리 설계해 두어야 글이 자연스럽게 흘러간다. 물론 설계도 글을 쓰면서 바꿀 수 있다. 이것은 영화감독이 영화를 만드는 것과 같다. 감독은 대본을 만들어서 동영상들을 많이 찍는다. 그런 다음 줄거리를 따라서 장면들을 편집한다. 어느 장면을 어디에 배치해야 이야기가 재미있게 흘러갈지를 끝까지 고민한다. 글쓰기도 이와 같다. 설계와 줄거리를 생각의 머리맡에 두고 어떤 자료와 문장, 문단을 어디에 넣을 것인가를 숙고하지 않으면 좋은 글이 써질 수가 없다.

연구의 실천적 필요성에 관한 설계 사례를 들어보자. '부부관계가 둘째 자녀 출산 의도에 미치는 영향'을 연구할 필요성을 서술하려고, 다음과 같은 설계를 해볼 수 있다.

[표 1-6] 글쓰기 설계 사례

---

1. 연구의 실천적 필요성
   - 소출산의 심각성, 출산율 추이, 여러 연관 문제, 출산 증대 대책 필요함.
   - 대책 세우려면 출산에 영향을 미치는 원인을 파악해야 함.
     출산에 영향을 미치는 요인으로는 여러 가지가 있지만 가임 부부의 출산 의지도 중요함.
   - 대개 결혼하면 첫째 아이는 가지려 함. 둘째부터는 망설임.
     출산을 늘리려면 둘째 출산 의도가 중요함.

- 둘째 출산에 부부관계도 영향을 미칠 가능성이 큼.
- 영향을 미친다는 것을 확인한다면 둘째 출산 의도를 높여서 출산을 증대시키는 정책을 수립하여 집행하기에 유리함.
- 따라서 부부관계가 둘째 자녀 출산 의도에 영향을 미치는지를 연구할 필요가 있음.

둘째, 꼬리 물기 방식으로 글을 써야 한다. 꼬리 물기는 '원숭이 똥구멍은 빨개, 빨간 것은 사과, 사과는 맛있어, 맛있는 것은 바나나, 바나나는 길어, 긴 것은 기차'와 같은 글쓰기의 방식이다. 논리적으로 글을 쓰면 자기도 모르게 그렇게 글을 쓰게 된다. 물론 모두 기계적으로 그렇게 되는 것만은 아니다. 앞의 꼬리 단어가 뒤에서 생략될 수 있고, 이야기나 논리의 전환이 있을 때는 새로운 말로 시작할 수도 있다. 그러나 대부분 꼬리 물기가 되어야 좋다. 앞뒤의 연관을 항상 생각의 머리맡에 두고 글을 살피면서 써야만 논리 전개가 꼬이는 실수를 줄일 수 있다. 그러므로 꼬리 물기의 정도는 글의 논리성을 점검하는 기준이 되기까지 한다.

② **연구의 실천적 필요성을 기술할 때의 주의 점**

연구의 실천적 필요성을 기술할 때는 다음과 같은 것들을 주의할 필요가 있다.

첫째, 여기서도 결론의 머리 밝힘(두괄식)보다는 꼬리 밝힘(미괄식)의 글이 초보자에게는 편리하다.

둘째, 이 글 마디가 "따라서 부부관계가 둘째 자녀 출산 의도에 영향을 미치는지를 연구할 필요가 있다"와 같이 '연구의 필요'로 끝나는 것이 좋다. 현실 문제 해결에 이 연구가 기여하는지를 밝힘이 글 마디의 목표이기 때문이다. 흔히 연구 필요성을 말하지 않고 어떤 사회문제를 해결하려면 특정한 실천이나 정책이 필요하다고만 강조하고 넘어가는 경우가 많다. 예컨대, "출산율을 높이려면 둘째 자녀 출산을 지원하는 정책이 중요하다"는 선에서 글 마디를 끝내기도 한다. 이것은 중도 포기이다. 대책의 필요성은 통과점이지 목표점이 아니다. 대책이 아니라 연구의 필요성을 밝히는 마지막 지점까지 글을 철저하게 밀어붙여야 한다.

셋째는 이 글 마디의 끝에서 연구의 표적(연구문제)을 정확하게 한정하는 것이 좋다. 물론 여기서 최종 연구문제를 반드시 확정해야만 하는 것은 아니다. 뒤의 학문적 필요성을 논의하면서 연구문제를 좁힐 수도 있다. 예컨대 실천적 필요성 논의에서 '부부관계가 자녀 출산 의도에 영향을 미치는가?'를 연구할 필요가 있다고 하였는데, 기존 연구 가운데 '부부관계와 출산 의도'에 관한 연구는 이미 많이 있고, '부부관계와 둘째 자녀 출산 의도'에 관한 연구가 없다면, 연구의 학문적 필요성 논의에서 연구문제를 '부부관계가 둘째 자녀 출산 의도에 영향을 미치는가?'로 줄여야만 한다. 그러나 이와 같이 연구의 학문적 필요성 논의에서 연구문제를 늘 간편하게 좁힐 수 있는 것만은 아니다. 예를 들면 '부부관계가 둘째 자녀 출산 의도에 영향을 미치는가?'가 최종 연구문제인데, 연구의 실천적 필요성 논의에서 '가족관계가 출산 의도에 영향을 미치는지를 연구할 필요가 있다'는 선에서 글을 마쳤다고 하자. 그러면 연구의 학문적 필요성을 논의하면서 가족관계를 부부관계로, 출산 의도를 둘째 자녀 출산 의도로 좁혀나가야 한다. 이와 같은 연구 표적 좁히기를 연구의 학문적 필요성 밝히기와 함께 시도한다면 글의 실타래가 꼬이기 쉽다. 뿐만 아니라 연구의 표적이 분명하게 정해져 있지 않으면, 기존 연구의 검토 범위가 애매해지므로 학문적 필요성 논의가 어려워진다. 이 점은 잠시 뒤에 설명하기로 하자. 그러므로 가능하면 연구의 실천적 필요성 논의에서 연구문제를 최대한 좁혀야만 한다.

(2) 연구의 학문적 필요성

이 글 마디의 목표는 연구의 학문적 필요성을 밝힘이다.

연구의 학문적 필요성은 연구의 독창성과 다르지 않다. 연구가 새로우려면, 남들이 하지 않았거나, 했더라도 잘못했거나, 다른 방식으로 했어야만 한다. 아무리 현실에 유용한 연구라 하더라도 이미 잘 되어 있으면 더 이상 연구할 필요가 없다. 따라서 연구의 학문적 필요성을 말하려면 기존 연구를 검토하여야 한다.

① **기존 연구의 검토 범위**

기존 연구를 검토하려면 어떤 연구들을 검토할 것인가가 중요하다. 이 세상의 모든 기존 연구를 검토할 수도, 검토할 필요도 없다. 검토해야 할 기존 연구들은 연구문제와 관련된 것들로 한정하는 것이 좋다.

연구의 학문적 필요성을 실천적 필요성 다음에 논의하는 경우, 기존 연구의 검토 범위는 연구의 실천적 필요성을 논의하는 단계에서 설정된 연구문제에 따라 결정된다. 이 연구문제를 둘러싼 기존 연구만이 검토의 대상이 될 수 있기 때문이다. 그러므로 연구의 실천적 필요성 논의에서 연구문제가 좁혀질수록, 검토할 기존 연구의 범위가 좁아지고, 학문적 필요성을 논의하기가 그만큼 쉬워진다.

② **기존 연구 검토의 단계**

기존 연구의 검토는 다음과 같이 세 단계로 이루어져야 좋다.

첫째, 연구의 실천적 필요성 논의에서 밝힌 연구문제와 관련된 연구가 있는지 없는지를 확인하여 기술해야 한다(유무有無 검토, 혹은 양 검토). 연구문제에 딱 들어맞는 기존 연구가 없다면 연구의 학문적 필요성은 있다고 결말을 지으면 된다. 논의를 더 할 필요가 없다. 그러나 이럴 때는 기존 연구가 없다고만 기술하면 그 말을 남들이 받아들이지 않을 수도 있으므로, 주변의 연구 경향이라도 소개하고 난 다음에, 연구문제에 딱 맞는 기존 연구가 없다고 쓰는 것이 좋다.

둘째, 연구의 실천적 필요성 논의에서 밝힌 연구문제에 딱 들어맞는 연구가 있다면, 그것이 제대로 이루어졌는지를 따져보아야 한다(비평적 검토, 질 검토). 기존 연구를 검토하였는데 제대로 된 연구가 없다면 연구의 학문적 필요성이 있다고 말할 수 있다. 예컨대 엉성한 조사 결과를 바탕으로 '부부관계가 둘째 자녀 출산 의도에 영향'을 미친다고 주장한 연구만이 있다면, 제대로 연구할 필요성이 있다고 해도 된다.

셋째, 검토한 기존 연구 가운데 잘 이루어진 연구들이 있다면 그 연구 방법들도 따져보아야 한다. 기존 연구와 동일한 연구문제라도 기존 연구에서 사용하지 않는 이론이나, 자료 수집 및 분석 방법을 적용하여 탐구하면, 학문적으로 기여할 수 있다. 만약 질적 연구만 있다면 양적 연구의 필요성은 충분하다. 이렇게 기존 연구를 검토하여 연구 방법을 한정하는 것은 연구의 실천적 필요성 논의에서 좁혀진 연구 표적을 더 좁히는 셈이다. 예컨대 '부부관계가 둘째 자녀 출산 의도에 미치는 영향'에 관한 좋은 질적 연구가 많고 양적 연구가 없다면, '부부관계가 둘째 자녀 출산 의도에 미치는 영향에 관한 양적 연구'로 연구문제의 영역을 좁혀야 한다. 그리고 기존 연구와 다른 자료 수집 및 분석 방법을 사용하려면 그것들을 연구문제에서 당연히 언급해주어야 한다. 물론 자세한 자료 수집과 분석 방법은 3장에서 논의하여야 한다.

이를 표로 정리하면 다음과 같다.

[표 1-7] 기존 연구 검토 단계

단계	기존 연구 검토 내용	검토 결과
1 단계	유무 검토	관련 연구 없으면 기존 연구 검토 끝냄, 있으면 다음 단계로
2 단계	질 검토	제대로 된 연구가 없으면 기존 연구 검토 끝냄, 있으면 다음 단계로
3 단계	연구 방법 검토	쓰지 않은 연구 방법 없으면 연구문제 폐기, 있으면 연구문제 확정

(3) 연구문제

연구문제는 앞에서 논술한 연구의 실천적, 학문적 필요성을 바탕으로 간결하게 기술함이 좋다.

그런데 "따라서 부부관계가 둘째 자녀 출산 의도에 영향을 미치는지를 연구하고자 한다"와 같이 짧은 한 문장으로 연구문제를 서술하면, 읽는 이들이 앞의 논의 과정을 다시 기억해야 하는 불편을 겪을 수 있으므로 실천적 필요성과 학문적 필요성을 간결하게 요약하고 연구문제를 기술할 수도 있다. 예를 들면 이와 같다.

"소출산 문제의 대응책을 세우려면 부부관계가 둘째 자녀 출산 의도에 영향을 미치는지를 연구하는 것이 필요함에도 이에 관한 연구가 없다. 따라서 부부관계가 둘째 자녀 출산 의도에 영향을 미치는지를 연구하자고 한다."

그리고 연구문제를 밝혔으면 서론을 매정하게 끝내야 한다. 연구문제를 제시한 다음에 연구의 의의나 목적 따위를 적어 놓은 논문을 자주 본다. 쓸 것이 남았으면 앞으로 빼서 다 소화시키는 것이 좋다. 할 말을 다 했으면 멈춰야 한다. 더 이상의 글을 쓰면 구차해진다.

(4) 서론의 목차

특히 초보자는 서론의 목차를 다음과 같이 구성함이 좋다.

[표 1-8] 서론 목차의 사례

1장 서론
   1. 연구의 실천적 필요성
   2. 연구의 학문적 필요성
   3. 연구문제

물론 서론의 목차가 꼭 필요한 것은 아니다. 그렇지만 글을 쓸 때는 설계도가 필요하므로 목차目次는 물론, 세목차細目次도 적어 두어야 좋다. 완성하면 목차를 살려도 좋고, 없애도 좋다.

그리고 각 목차의 결론도 미리 적어두면 글의 흐름이 잘 잡힌다. 예를 들면 연구의 실천적 필요성에서는 '그러므로 출산을 늘리는 정책을 수립하려면 부부관계가 둘째 출산 의도에 영향을 미치는지를 연구할 필요가 있다'를, 연구의 학문적 필요성에서는, '부부관계가 둘째 출산 의도에 영향을 미치는지에 관한 연구가 없으므로, 부부관계가 둘째 출산 의도에 영향을 미치는지를 연구할 필요가 있다'를, 연구문제에서는 '부부관계가 둘째 출산 의도에 영향을 미치는지를 연구하고자 한다'를 글 마디의 맺음으로 미리 적어두고 글을 쓰는 것이 좋다.

서론의 끝에 논문의 구성을 넣기도 하는데, 논문의 틀이 고정되어 있는 가설 검사 논문에서는 그것이 뱀다리(사족蛇足)가 될 수 있다.

4) 서론에서 흔히 보는 실수들

서론에서는 가설 검사 논문의 성격과 한계, 그리고 서론의 역할 따위를 잘못 이해해서 짓는 실수들이 많다. 자주 보는 실수들을 열거해 보자.

(1) 목차의 내용 중복

서론의 목차가 연구 목적, 연구 의의, 연구 필요성, 연구문제 따위로 이루어진 경우를 드물지 않게 본다. 그런데 연구 의의나 필요성이나 써야 할 내용에는 큰 차이가 없다. 연구 목적도 연구문제와 내용이 겹친다. 따라서 이와 같이 목차가 짜이면 글이 뒤엉킬 수밖에 없다.

(2) 실태 조사를 연구문제에 포함시킴

'둘째 자녀 출산 의도의 실태를 알아보고, 부부관계가 둘째 자녀 출산에 영향을 미치는지를 알아보고자 한다'와 같은 연구문제를 자주 본다.

실태 파악은 가설 검사 논문이 될 수 없다. 실태는 상황에 따라 자주 달라지므로 보편적인 진리의 형식을 띠는 가설로 표현하기가 어렵다. 예컨대 70%의 부부가 강한 출산 의지를 가진다는 가설을 어떤 이론을 근거로 내세울 수 있을까? 이런 가설을 본 적이 있는가? 따라서 실태 파악 논문은 가설 검사 논문이 되기 어렵다.

물론 실태 기술도 논문이 될 수 있다. 실태 파악은 정책을 입안하는 데 매우 중요하다. 예컨대 현재 한국 사회에서 도박중독자가 얼마나 되고, 어떤 문제를 야기하는가를 아는 것은 대책을 세우는 데 매우 유용하다. 그러나 이것은 가설 검사 논문과는 그 형식이 다르다. 가설을 세워서 검사하지 않고, 자료로 실태를 추정하는 형식으로 이루어진다. 형식이 다른 논문을 하나의 논문으로 처리하는 것은 수학 시간에 영어 책을 펴놓고 공부함과 같다. 이도 저도 안 된다. 그러므로 실태 파악 논문은 가설 검사 논문과 분리하여 별도의 논문으로 작성하는 것이 좋다.

(3) 대책 마련을 연구문제에 포함시킴

실천과 대책을 중시하는 사회복지학과 같은 분야의 연구에서는 '~에 영향을 미치는지를 알아봄으로써 대책을 마련하고자 한다'와 같은 문제 제기를 자주 본다. 여기에는 심각한 문제가 있다.

첫째는 실증주의나 반증주의의 과학 방법으로는 이런 대안 연구를 할 수 없다. 왜냐하면 대안은 미래의 일이며, 미래의 일은 아직 경험하지 않았으므로 실증도 반증도 할 수 없기 때문이다. 물론 결론을 내린 다음에 함의로 제시한 대안이 쓸모가 없지는 않다. 그리고 대안 제시 연구가 불가능하다거나 불필요한 것도 아니다. 그렇지만 가설 검사 논문으로는 그런 연구를 할 수가 없다.[12]

둘째, 주인공인 연구문제가 들러리가 된다. '~에 영향을 미치는

---

12) 만약 가설 검사 방식으로 대안 제시 연구를 하고 싶다면, 대안에 대한 가상 경험 자료를 만들어야 한다. 이런 자료는 기존 자료를 대안의 가정(假定)에 맞게 조작(simulation)하는 것이다. 대표적 연구로는 김미곤의 『공공부조의 한계와 대안』(2011)이 있다.

지를 살펴봄으로써 대책을 제시하고자 한다'에서 살펴봄이란 연구문제의 살펴봄이고, 이것이 이 대목에서는 마땅히 주인공이다. 이와는 달리 대책은 연구문제가 될 수 없고, 대책 제시는 기껏해야 곁다리다. 그런데 곁다리가 주인공 자리를 차지하고, 연구문제를 살펴봄이란 주인공은 곁다리를 수식하는 들러리가 되었다. '~에 영향을 미치는지를 살펴보고자 한다'로 끝나야 한다. '~에 영향을 미치는지를 살펴보고, 대책을 제시하고자 한다'로 고쳐도 문제가 있다. 주인공과 곁다리가 어깨를 나란히 하고 앞자리에 선 셈이기 때문이다. 연구문제에 들어 있는 '대책 제시 의지'는 뱀다리에 불과하다.

(4) 연구문제에 '가설을 세운 다음'과 '검증'이란 표현이 들어감

'부부관계와 둘째 자녀 출산 의도에 관한 가설을 세운 다음, 부부관계가 둘째 자녀 출산에 영향을 미치는지를 검증하고자 한다'와 같은 연구문제도 자주 본다. 가설을 세우고 '검증'하는 것은 연구하는 방법이지 연구문제일 수 없다. 연구문제에 포함시키지 않는 것이 좋다. 그리고 가설 검사 논문에서는 가설을 세우고 그 가설을 검사하는 것은 '당근'이므로 구태여 그런 것들을 말할 필요가 없다.

(5) 서론에서 자료 수집과 분석 절차를 제시함

서론에서 자료를 어떻게 수집하고 분석할 것인지를 언급하는 논문들도 있다. 연구문제를 밝힘이 서론의 목적이므로, 서론에서 자료 수집, 분석 방법 따위를 거론할 필요가 없다. 3장에서 여유 있게 다루는 것이 좋다.

다만 자료 수집 및 분석 방법이 서론에서 거론되어야 할 때가 있다. 기존 문헌 검토를 3단계(표 1-7 참조)까지 거쳐서 연구문제를 확정하는 경우이다. 특정 자료나 분석 방법을 사용한 기존 연구가 없어서 연구한다면, 연구문제에 자료 및 분석 방법을 포함시켜야 한다. 이럴 때에도 자료 수집 및 분석 방법에 관한 언급만 할 뿐, 자세한 설명까지 할 필요가 없다.

(6) 가설의 개념을 연구문제에서 사용함

연구문제를 다음과 같이 제시하는 것을 드물지 않게 본다.

"연구문제는 다음과 같다.

첫째, 부부관계의 정서적 요소가 둘째 자녀 출산 의도에 영향을 미치는가?

둘째, 부부관계의 성적 요소가 둘째 자녀 출산 의도에 영향을 미치는가?

셋째, 부부관계의 활동적 요소가 둘째 자녀 출산 의도에 영향을 미치는가?

넷째, 부부관계의 가족 교류 요소가 둘째 자녀 출산 의도에 영향을 미치는가?"

여기에 제시된 '정서적 요소', '성적 요소', '활동적 요소', '가족 교류 요소'는 이론 검토를 마친 다음에야 나올 수 있다. 충분히 논의가 되지 않은 상태에서 불쑥 꺼내면 독자가 황당하다고 여긴다. 충분히 논의를 해서 언급하더라도 문제가 없는 것은 아니다. 이런 세세한 개념들을 충분히 논의하려면 서론이 길어지고, 글의 가닥이 뒤엉킬 가능성이 크기 때문이다.

3. 이론 검토

이론 검토의 결론은 가설이다.
가설은 연구문제의 임시 해답이다.

1) 이론 검토檢討의 목표

이론 검토의 목표는 연구문제의 이론 차원 해답인 가설을 세움이다. 이론 검토에서는 기존 이론들을 비판하고 수용하며, 스스로 이론을 만들기도 하면서 가설을 구성해 나간다. 그러므로 가설은 이론 검토의 결론이다.

2) 이론

이론이란 무엇이고, 어떻게 만들고, 어디에 쓰는가를 논의해 보자.

(1) 이론이란 무엇인가?

이론은 어떤 것을 이해하려는 개념체계(생각틀)이다. 이것은 기본개념(예컨대 개나리, 노랗다)으로 이루어진다. 기본개념들이 모여서 명제命題를 이루고 명제들이 모여서 큰 이론을 이룬다.

개념概念은 기준이 되는 생각이다. 사람들은 개념을 중심으로 생각하고 판단한다. 개념들은 단어, 명제는 문장, 큰 이론은 결합된 문장들로 표현한다(표 1-9).

그런데 단어나 문장들은 단순한 표현 수단이 아니다. 사람들은 개념(생각)을 표현하려고 단어와 문장과 같은 기호記號(기표記票)를 만들지만 이후에는 이 기표가 생각을 주도한다. 한 가족을 이루고 사는 남녀를 표현하려고 '부부'라는 말을 만들었지만, '부부'라는 기호를 보고 함께 사는 남녀를 생각한다.[13] 그러므로 이론에서는

[표 1-9] 이론의 차원

개념의 차원	개념	명제	큰 이론
표현의 차원	단어	문장	결합된 문장들

---

13) 말과 기표는 사람들에게 모두 항상 같은 생각만을 떠오르게 하지 않는다. 사람마다 상황마다 다르다. 그래서 부부라는 의미도 여러 가지로 쓰인다. 예컨대 부부라는 기표를 접하고 싸우거나 다정한 남녀를, 또는 마주 보고 서 있는 돌덩이나 나무를 생각하기도 한다.

개념만이 아니라 말도 매우 중요하다.

(2) 이론은 무엇으로 만드는가?

이론은 이성理性(냉철한 생각)으로 만든다. 반증주의자에 따르면, 경험도 이론을 발전시키는 데 크게 기여한다. 경험으로 이론의 불량 여부를 검사하기 때문이다. 공장에서는 불량품 검사가 중요하지만 불량품 검사만으로는 제품을 만들 수 없다. 마찬가지로 경험을 활용한 불량품 검사만으로는 이론을 만들 수 없다. 그러나 경험이 없어도 이성만으로 이론을 만들 수는 있다. 물론 이성은 불완전하므로 경험의 도움을 받아야 한다.

(3) 이론의 쓰임새

이론은 어떻게 쓰이는가?

① 사태 관찰(경험)의 안내

흔히 경험은 이론과는 무관하게 이루어진다고 생각한다. 그러나 결코 그렇지 않다. 예컨대 '개나리가 노랗다'는 것을 확인하려면, '개나리'와 '노랗다'란 말과 개념이 반드시 필요하다. 이런 개념들이 없다면 우리가 어떻게 관찰할 수 있을까? 우리는 개나리와 노랑이 어떤 것이라는 말과 생각을 이미 가지고 있어서, 개나

[표 1-10] 인식의 여섯 누리

구분	색色		도구			마음			
						수受	상想	행行	식識
눈누리	형색	1차 정보	눈	봄	2차 정보	수용	형색상	반응	의식
귀누리	소리	1차 정보	귀	들음	2차 정보	수용	소리상	반응	
코누리	냄새	1차 정보	코	맡음	2차 정보	수용	냄새상	반응	말라식
혀누리	맛	1차 정보	혀	맛봄	2차 정보	수용	맛상	반응	
살누리	느낌	1차 정보	살	만짐	2차 정보	수용	느낌상	반응	아뢰아식
생각누리	뜻	1차 정보	생각	이해	2차 정보	수용	뜻상	반응	

리의 노람을 확인하거나 부정할 수 있다. 개나리와 같은 철에 피는 노란 산수유나 생강나무의 꽃을 개나리라고, 남녘의 눈 속에서 피는 빨간 동백꽃을 노랗다고 하지 않는다. 개념(생각)과 개념의 묶음인 이론을 갖지 않으면 어떤 것을 의미 있게 관찰할 수가 없다. 물론 개념을 가지지 않는다고 사물을 볼 수 없는 것은 아니다. 그러나 의미 있게 정리할 수가 없다. 마치 이것은 연못이 나뭇가지를 그냥 비추는 것과 같다. 사람들은 마음에 미리 설정한 개념과 이론에 따라서 대상을 받아들인다.[14]

---

14) 이론은 불교에서 말하는 식의 일부이다. 불교에서는 사람이 대상을 인식

새로 종교를 받아들인 사람에게는 세상이 달리 보인다. 음양 이론을 믿는 사람은 만사萬事를 음과 양으로 이해한다. 이론이 경험을 안내한다.

② 사태의 예견과 대비對備

예를 들면, '부부관계가 좋을수록 둘째 자녀 출산 의도가 크다'는 이론이 있고, 이 이론이 경험으로 부정되지 않아서 믿을 만하다고 하자. 우리는 이론에 따라 부부관계를 보고 출산율을 예견하며, 출산을 늘리려고 부부관계를 개선하는 정책을 입안할 수 있다.

하는 과정을 오온五蘊으로 이해한다. 오온은 색色 수受 상想 행行 식識이다 (표 1-10). 색은 인식의 대상이다. 사람은 대상(형색, 소리, 냄새, 맛, 느낌, 뜻)의 1차 정보를 눈 귀 코 혀 몸 마음으로 2차 정보로 만든다. 이 2차 정보를 받아들여서(수), 영상(이미지)을 떠올리며(상), 순간적으로 반응한 다음(행), 정리하여 저장한다(식). 식은 더 나아가 수 상 행을 조정한다. 식에 술 생각이 저장되어 있으면, 식을 따라 빗소리를 수 상 행하여 술 따르는 소리로 편집하여 인식한다. 식이 마음의 왕, 수 상 행은 마음의 부하(심소心所)이다. 식에는 깨어 있는 식만이 아니라, 말라식과 아뢰야식이라는, 잠겨 있는 식(잠재潛在식, 무의식)도 있다. 눈이 대상 정보를 인식하는 과정 전체를 눈누리(안계眼界, 눈의 세계)라 부른다. 귀누리(이계耳界) 코누리(비계鼻界) 혀누리(설계舌界) 살누리(신계身界), 생각누리(의식계意識界)도 이와 같다(『반야심경般若心經』; 박승희, 2019: 32).

3) 가설

이론 검토에서는 기존의 이론을 검토하고 자기 생각을 더 해서 연구문제의 이론 차원 해답인 가설을 만든다. 이제 가설을 이야기해 보자.

(1) 가설이란?

설문지 가설 검사 논문에서 가설假設(hypothesis)은 이론 논의를 거쳐 논리적으로 완벽하게 만들어낸 연구문제의 해답이다. 그러나 경험으로 검사를 받아야 하는 임시 해답일 뿐이다.

(2) 가설의 조건들

가설은 다음과 같은 조건들을 갖추고 있어야 좋다.

① 가설은 이론 차원에서 논리적으로 완벽해야 한다.

가설이 잠정 주장이므로, 대충 만들어도 된다고 생각하기 쉽다. 흔히 통계의 요술방망이를 신봉하는 사람들은 통계 결과만이 진리이고 가설은 곁치장쯤으로 여긴다.[15] 그렇다면 마지막 공정에서 인공지능 기계로 불량품 검사를 정확하게 해낸다면 제품을 대충 만들어도 되는가? 훌륭한 통계 기법과 전산기로 가설을 엄정하게 검사하면 가설을 대충 만들어도 좋은 연구결과가 나올 수 있는가? 검사는 불량의 검사일 뿐이다. 가설이 완벽하지 않으면 경험으로 검사할 필요조차 없다.

② 가설은 경험으로 부정할 수 있어야 한다.

경험으로 반증할 수 없으면 가설이 아니다. 예컨대 '내일 비가 올 수도 있고, 안 올 수도 있다'라는 진술처럼, 내일 비가 오는지 여부를 확인하더라도, 그것이 맞았는지 틀렸는지를 판별할 수 없으면 가설이 아니다. 또한 '부부관계가 좋을수록 둘째 자녀 출산 의도가 바람직해진다'는 진술은 바람직함이 무슨 뜻인지 애매하여 경험으로 부정할 수 없다. 그러므로 가설이 되기 어렵다.

③ 가설은 간결해야 한다.

하나의 경험 진술(단칭진술)로 가설 전체를 깔끔하게 부정할 수 있을 만큼 간결해야 좋다. 예컨대 '부부관계가 좋을수록 첫째 자녀 출산 의도와 둘째 자녀의 출산 의도가 증가한다'는 가설은 첫째 자녀 출산 의도가 증가하지 않는 경험 결과만 나와도 부정되긴 한다. 그러나 둘째 경우도 그럴지는 여전히 의심스럽다. 깔끔

---

15) 이들은 통계로 처리한 결과가 유리하게 나오면 진리로 믿고, 그렇지 않으면 폐기하면 된다고 생각한다. 경험만이 진리를 찾는 길이라고 믿는다. 그러므로 지나치게 '순진한 경험주의자'다.

하지 않다. 첫째와 둘째의 경우로 나누어서 가설을 세우는 것이 좋다.

④ 가설은 보편진술로 이루어져야 한다.

앞에서 밝혔듯이 가설은 단칭진술이나 특칭진술이 아니라 전칭진술이어야 한다. '부부가 대화를 많이 할수록 둘째 자녀 출산 의도가 크다'는 가설은 언제 어디서나 늘 그렇다(보편진술)이다. 특정 지역에서 어느 한 순간 그렇다(단칭진술)도, 언제 어디선가 그런 경우가 있다(특칭진술)도 아니다.

⑤ 가설은 인과관계를 표현해야 한다.

앞에서 연구문제를 논의하면서 가설 검사 연구에서는 독립변수와 종속변수의 관계 유무만을 따지게 된다는 점을 지적하였다. 연구문제와 같이 가설도 인과관계를 나타내야 하므로, 예를 들면 '직장 상사의 배려심이 클수록, 직원들의 직무 성과가 높다' 같은 문장 형식으로 이루어야 좋다.

⑥ 가설의 문장 형식

흔히 가설을 '~할 것이다'와 같이 미래형으로 표현한다. 가설이 이론 차원에서 아무리 완벽하더라도 경험의 검사를 받아야 하고, 여러 번의 경험 검사를 받은 뒤에도 절대 진리가 될 수가 없으므로, 미래로 표현하는 것이 나쁘지는 않다. 겸손을 반영하기 때문이다. 그러나 이론을 치밀하게 검토하여 가설을 설정하였다면, '~한다'와 같이 현재형으로 나타내는 것이 좋다. 떳떳하게 책임 지겠다는 의지를 담고 있기 때문이다.

(3) 가설 설립의 방법

가설은 어떻게 세우는가?

① 기존 이론으로부터 연역演繹

기존 이론들로부터 연역하여 세운다. 기존 이론의 주장들을 정리하여 자기의 연구문제의 이론 차원 해답인 가설을 만들어낸다. 흔히 연역의 사례로 "모든 사람은 죽는다. 나는 사람이다. 그러므로 나는 죽는다."를 들기 때문에, 가설을 세울 때 3단 논법을 따라야 한다고 생각하기 쉽다. 몇 단인가는 중요하지 않다. 생각들을 논리적으로 연결해 나아가서 가설을 정하면 된다.

② 기존 이론들의 비판적 수용

기존의 이론들을 반박할 것은 반박하고, 받아들일 것은 받아들이면서, 자기 생각을 더하여 가설을 만든다. 현실에서는 이런 방식을 가장 많이 사용한다.

③ 새로운 이론의 구성

기존의 이론들을 전면 비판하면서 스스로 이론을 세워서 가설을 짜낼 수도 있다.

④ 경험 자료의 활용

위의 방법들을 따라 자기 논리를 펼쳐가는 과정에서 기존 경험 자료들을 보조재로 활용할 수도 있다. 그러나 경험 자료를 단순하게 제시함으로는 가설을 만들 수 없다. 예컨대 '부부가 대화를 많이 할수록 둘째 자녀의 출산 의도가 크다'는 조사 결과만을 제시하면서 이것을 가설로 삼을 수는 없다. 이것은 이론 검토가 아니라 경험 소개이다. 이론의 터 위에 서 있지 않은 가설은 가설일 수 없다.

(4) 논문에서 가설의 역할

가설의 역할은 다음과 같다.

① 연구문제의 잠정 해답

가설은 연구문제를 이론 차원에서 풀어서 얻은 답이다. 물론 최종 해답은 아니다. 최종 해답은 가설이 경험 검사를 받은 다음에야 나온다. 그러므로 가설은 최종 해답을 얻으러 가려면 반드시 통과해야 하는 길목이다.

② 이론 검토의 결론

이론 검토의 목적은 가설의 설정이므로, 가설은 이론 검토의 결론이다.

③ 자료 수집과 분석 방법의 결정

가설을 검사하려고 자료를 수집하고 분석한다. 가설에 따라서 자료 수집 및 분석의 방법이 결정된다. 가설이 정해져야 어떤 자료를 어떻게 분석할 것인가를 생각할 수 있다. 예컨대 가설의 독립변인과 종속변인이 확정되지 않으면, 그것들을 잴 수 있는 타당한 자(척도尺度)의 구상을 시작할 수도 없다.

④ 자료 분석의 과제 제시

가설 검사(4장)의 목적은 가설을 분석 결과와 대질하여 그것의 기각 여부를 판정하는 것이다. 가설의 검사가 분석의 과제이므로, 분석은 가설을 중심으로 이루어져야 하고, 가설 검사(4장)의 목차는 가설들을 따라서 정해져야 좋다.

(5) 가설과 연구문제의 통일

가설은 연구문제에 대한 이론적 해답이므로, 그 가설들의 전체 내용이 연구문제보다 부족해서도 남아서도 안 된다.

① 통일된 사례

예컨대 독립변인을 이론적으로 살펴보았을 때, 그 하위 변인이 3개이고, 이 3개가 독립변인을 충분히 포괄하며 (포괄성) 둘 사이에 내용이 전혀 겹치지 않는다(배타성)고 하자. 그리고 종속변인의 하위 변인이 2개이고 포괄성과 배타성이 있다고 하자. 그런데 연구문제는 독립변인과 종속변인의 관계를 확인하는 것이므로, 2×3=6개가 가설에 모두 포함되어야 하고, 그 밖의 가설은 없어야만 가설과 연구문제의 내용이 통일된다(표 1-11).

[표 1-11] 가설과 연구문제가 통일된 사례

구분		독립변인		
		하위 1	하위 2	하위 3
종속변인	하위 1	가설 1-1	가설 1-2	가설 1-3
	하위 2	가설 2-1	가설 2-2	가설 2-3

② 가설의 내용이 연구문제보다 넘치는 사례

예컨대 '부부관계가 둘째 자녀 출산 의도에 영향을 미치는지를 확인하는' 것을 연구문제로 잡아놓고는, 갑자기 심리적 안정감이라는 매개 변수를 동원하여 연구문제와 직접 관련되지 않은 가설을 세우기도 한다. 이렇게 되면 가설의 내용이 연구문제보다 넘친다. 좋은 연구가 되려면 연구문제를 다시 잡거나, 매개 변수 가설을 삭제해야 하다.

③ 가설 내용이 연구문제보다 적은 사례

앞에서 사례로 든 것처럼 연구문제에 '상태 파악'과 '대책 제시'가 포함된 경우가 여기에 속한다. 상태나 대책에 관련된 가설은 만들기가 어렵다는 점을 이미 지적하였다. 따라서 연구문제 속에 상태와 대책이 들어가 있으면 반드시 가설 내용이 연구문제보다 적을 수밖에 없다. '상태 파악'과 '대책 제시'를 연구문제에서 빼는 것이 좋다.

(6) 가설의 개수가 많아서는 안 되는 이유

가설의 개수는 연구문제의 이론적 답을 구하는 데 필요한 정도로 많아야 한다. 그러나 너무 많아서는 안 된다. 왜 그런가?

① 이론 검토의 양 증가

가설의 수가 많아질수록, 이론 검토의 양이 늘어난다. 예컨대 출산 의도에 영향을 미치는 변수로 주거비, 보육제도, 소득, 재산, 종교, 지역, 이웃관계, 가족관계, 생활만족도, 아동수당 따위와 관련된 변인들을 들었다면 여러 권의 책을 써야 할 것이다.

이 가운데 종교와 주거비처럼 이론적 연관성이 적은 변수들을 함께 독립변인으로 사용한다면 가설은 2개라도 많다.

　다만 독립변인과 종속변인의 하위 변인들의 짝들이 많아서 가설이 늘어나는 경우에는 사정이 좀 다르다. 가령 독립변인과 종속변인의 하위 변인이 각각 5개이면 가설이 25개는 설정되어야 한다. 그렇지만 가설들이 서로 이론적 연관이 적은 독립변인들이나 종속변인으로 이루어진 경우와 비교하면 이론 검토의 양은 많지 않다.

② 경험 자료의 필요량 증가

　가설이 많아질수록 동원할 경험 자료가 많아진다. 예컨대 가설이 늘어날수록 설문지의 문항이 늘어난다. 문항이 늘어날수록 응답자의 부담은 커진다. 아무리 이론적 상관성이 있는 독립과 종속의 하위변인들로 이루어진 가설들이라도 그 개수가 지나치게 늘어나면 검사에 필요한 경험 자료의 양을 감당할 수가 없다.

　뿐만 아니라 분석 결과의 양도 지나치게 많아진다. 방대尨大 자료(big data)를 쓰면 자료의 양은 충분하지만 분석 결과의 양이 과다한 것은 똑같이 문제가 된다.

4) 이론 검토의 내용과 목차

(1) 들어가야 할 내용

이론 검토의 어떤 순서나 형식을 정하기는 어렵다. 왜냐하면 연구문제, 연구자가 동원하려는 이론들, 그 이론들을 비판하고 수용하는 내용과 정도 따위에 따라서 달라지기 때문이다.

그러나 이론 검토에는 적어도 다음과 같은 내용들이 반드시 포함되어야 좋다.

① 제목

2장의 제목을 흔히 '이론 검토'라고 쓰는데, 이렇게 해도 큰 무리는 없다. 그러나 최선은 아니다. 왜냐하면, 이론 검토인지는 이미 사람들이 알고 있기 때문이다. 이름표에 '홍길동'을 적지 않고 '이름표'라고 적는다면 어떻게 될까? 자기가 검토하는 이론에 관한 정보들까지 담아내도록 제목을 다는 것이 더 좋다. 예컨대 '부부관계와 둘째 자녀 출산 의도의 이론 관계'는 '이론 검토'보다 더 많은 정보를 포함하고 있다.

② 독립변인의 설명

독립변인이 무엇인가의 논의가 반드시 들어가야 한다. 여기에는 독립변인에 관한 개념 및 하위 개념의 진술 따위가 포함된다. 예컨대 독립변인은 부부관계의 개념, 그 하위 개념은 부부관계의 정서, 성, 활동, 가족관계의 요소 따위이다.

③ 종속변인의 설명

종속변인이 무엇인가의 논의도 반드시 들어가야 한다. 여기에 서는 종속변인의 개념과 함께, 하위 개념들도 설명해야 한다.

④ 독립변인과 종속변인의 관계 진술

독립변인 및 그 하위 변인들이 종속변인 및 그 하위 변인들에 영향을 미치는지를 이론 차원에서 설명해야 한다. 특히 독립변인 들과 종속변인들 사이의 관계가 특히 상증相增(+)인지, 역증逆增(-) 인지를 논리에 맞게 밝혀야 한다.

특히 모든 독립변인의 하위 변인들과 종속변인의 하위 변인들 이 빠짐없이 짝을 이루도록 하여야 한다. 예컨대 독립변인의 하위 변인이 2개이고 종속변인의 하위 변인이 3개이면 6개(2x3)의 짝 이 있어야 하고, 각 짝의 이론 근거들을 모두 제시해야 한다. 이론 근거의 제시란 남의 이론을 빌려오는 것만이 아니라 스스로 구상 하는 것까지 포함한다. 흔히 독립변인과 종속변인의 관계만을 뭉 뚱그려 설명하고, 그 하위 변인들의 관계는 언급조차 하지 않은 논문들을 본다. 이런 논문들은 가설들의 이론적 근거를 충분히 밝 히지 못하고 있다.

⑤ 가설

이상의 것들을 논의하는 과정에서 가설이 확정되기 마련이지만, 뒤에서 가설들을 한데 모아 정리해 두는 것이 연구자 자신에게는 물론 독자에게도 논문의 흐름을 파악하는 데 도움을 준다.

(2) 이론 검토(2장)의 목차

이론 검토의 일반적 목차는 정해져 있지 않다. 연구자가 검토하는 이론을 고려하여 논리가 잘 흘러가도록 작성하면 된다.

다만 논리적으로 글을 전개하기가 어려울 때는 독립변인, 종속변인, 두 변인들의 관계로 목차를 삼을 수도 있다.

5) 이론 검토에서 흔히 보는 실수들

이론 검토는 양이 많고 논리가 복잡하여 남들이 꼼꼼히 읽지 않으면 문제가 드러나지 않을 것이라고 생각할 수 있다. 그러나 정교하게 정리되지 않은 이론 검토의 허점은 논문의 형식을 아는 사람에게는 한밤의 불빛처럼 눈에 뜨인다. 흔한 허점들은 다음과 같다.

(1) 기존 연구와 혼동混同

이론 검토에서 다음과 같은 문장들을 자주 본다.

"부부관계가 여성의 둘째 자녀 출산 의도에 영향을 미친다는 연구는 시부모와 관계가 매개된다는 점을 보지 못하고 있다. 부부관계는 시부모와 관계에 영향을 미치고 시부모와 관계는 출산 의도에 영향을 미칠 수 있다. 따라서 시부모와 관계를 매개 변수로 설정하여 연구하고자 한다."

이 글은 남의 연구를 비판하면서 연구문제를 확정한다는 내용을 담고 있다. 이것은 서론의 기존 연구 검토이지, 이론 차원의 답인 가설을 구하는 이론 검토가 아니다. 이론 검토에서는 남의 연구가 아니라, 이론을 검토하여야 한다. 물론 이론을 검토하면서 남의 연구를 언급할 수는 있다. 그러나 기존 연구들이 있고 없고, 잘 되고 못 되고는 이론 검토의 주요한 흐름이 될 수 없다. 그리고 '어떤 연구를 하고자 한다'와 같이 연구문제를 한정하는 형식의 문장이 나와서도 안 된다. 연구문제는 서론에서 이미 확정되어 있어야 하기 때문이다. 여기서는 이론을 검토하여 연구문제의 임시 해답인 가설을 세워간다는 점을 잊어서는 안 된다.

(2) 기존 문헌 검토와 혼동

2장의 제목을 문헌 검토로 달기도 하다. 논문을 쓰려면 당연히 문헌 검토를 해야 한다. 그 목적은 기존의 연구 상황을 파악하여 자기의 연구문제를 설정하고, 연구문제의 해결에 필요한 이론과 경험 자료들을 얻는 데 있다. 기존 문헌 검토는 반드시 필요하고 그 결과는 여기저기서 활용할 수 있지만, 그것을 굳이 하나의 장으로 다룰 필요는 없다. 특히 연구문제의 이론적 해답인 가설을 세우는 이론 검토를 문헌 검토로 바꿀 이유가 없다.

2장의 제목을 문헌 검토로 표시한 논문들에서는 흔히 기존의 연구들을 요약하여 소개하면서 글의 분량을 늘린다. 심지어 기존 연구자의 이름으로 시작하는 문단이나 문장을 나열하고, 그것을 표로 그려서 각각의 특징과 장단점을 정리한다. 이것은 이론 검토가 아니다. 가설 검사 논문의 이론 검토와는 거리가 멀다. 단순한 문헌 나열로는 가설을 논리적으로 세울 수 없기 때문이다. 그렇다면 이것은 기존 연구 혹은 문헌 검토라도 될 수 있는가? 될 수 없다. 왜냐하면 글이라고 볼 수 없기 때문이다. 단순한 문헌 나열을 어떻게 글, 특히 논문의 글이라고 볼 수 있겠는가? 사이비似而非(비슷하지만 아님)도 못 된다. 물론 이것은 연구 동향의 체계적 검토가 연구 논문이 될 수 없다는 뜻이 아니다.

(3) 남의 가설 나열

이론 검토를 한다면서, 기존의 연구에서 이미 검사된 가설이나, 조사 결과들을 나열하면서, 자기 연구의 가설이 그것들과 동일하므로 타당安當하다고 주장하기도 한다.

이것은 무엇보다도 연구의 창의성 원칙에 위배된다. 자기 연구의 필요성이 없음을 스스로 드러낸 셈이다. 그리고 가설의 이론 근거가 취약함을 보여준다. 이것은 마치 이론도 없이 통계결과만 제시하여 결론을 내리는 것과 다르지 않다.

물론 유사한 연구 결과(지지된 가설)를 활용할 수는 있다. 예컨대, '부부가 같이 정적 여가활동을 많이 할수록 둘째 자녀 출산 의도가 크다'라는 가설을 구성하는 과정에서 부부가 같이 정적 여가활동을 많이 할수록 첫째 자녀 출산 의도가 크다는 연구가 있으면, 이것을 자기 가설 구성의 징검돌로 활용할 수 있다.

그리고 이미 검사로 지지된 바 있는 가설을 다시 검사할 수도 있다. 이럴 때에는 문제제기부터 다시 해야 한다. 기존 가설을 다시 사용해야 할 학문적 필요성이 있어야 한다. 예컨대 기존의 검사 과정이 문제가 있다든가, 기존 연구 이후로 큰 사건이 있었기 때문에 현재에도 같은 결과가 나타나는지 확인할 필요가 있다든가, 매우 중요하므로 다시 한 번 해볼 필요가 있다든가 따위의 이유가 있어야 한다. 이 경우에는 이론을 검토하여 가설을 세우는 것이 의미가 없으므로, 서론에서 이미 확정된 가설의 이론 근거 혹은 배경背景(background)을 제시해 주는 것이 좋다. 가설이 이론적으로 완벽함이 논증되어야만 경험으로 검사할 수 있기 때문이다. 이럴 때는 2장의 제목도 이론 검토보다는 이론 배경이 더 좋을 수 있다.

(4) 독립변인과 종속변인의 상증(+)과 역증(-)을 명시하지 않음

'~이 ~에 영향을 미친다'는 가설은 문제가 있다. 왜 그런가? 이런 가설은 독립변인과 종속변인의 관계만을 나타내지 관계의 방향성(정적인지 부적인지) 여부는 무시한다. 이와는 달리 '~증가할수록 ~증가한다'는 가설은 독립변수와 종속변수의 관계가 상증相增(양의 관계)인지까지, 그리고 '~증가할수록 ~감소한다'는 가설은 관계가 역증逆增(음의 관계)인지까지 표현한다.

그런데 '~이 ~에 영향을 미친다'는 가설을 세운 연구자들은 대부분 통계 분석을 마친 다음, 가설의 기각 여부를 판정하면서, 관계를 나타내는 통계치의 부호가 양(+)인가 음(-)인가를 보고 그 관계가 상증인지 역증인지를 결정한다. 이렇게 되면 영향 여부는 이론 검토도 거치고 경험 검사도 받지만, 관계의 상증 여부는 이론 검토를 거치지 않고 경험(통계)의 결과로만 결정된다. 이것은 완벽한 가설을 세운 다음 기각을 시도한다는 반증주의 원칙에 위배된다(표 1-12).

[표 1-12] 독립·종속변인 관계의 방향이 없는 가설의 문제

구분	이론 근거	경험 근거	반증주의 원칙
관계 여부	있음	있음(경험 검사)	따름
관계의 상증 여부	없음	있음(경험만으로 결정)	위반

(5) '∼이 ∼에 매개효과가 있다'고 표현한 가설

매개효과는 통계 용어이지 특정 영역의 이론 개념이라고 보기는 어렵다. 이것을 이론 개념으로 표현하려면 가설을 두 개로 나누는 것이 좋다. 매개효과는 독립변인이 매개변인에, 매개변인이 종속변인에 영향을 미친다는 의미이므로, 'ㄱ(독립변인)이 ∼할수록 ㄴ(매개변인)이 ∼하다'와 'ㄴ이 ∼할수록 ㄷ(종속변인)이 ∼하다'로 분리하여 기술하고, 두 가설이 모두 기각되지 않으면 매개효과가 있다고 해설하면 된다.

뿐만 아니라 '∼이 ∼에 매개효과가 있다'는 가설은 변인들 사이의 관계가 상증(양, +)인지 역증(음, -)인지 나타내고 있지 않다. 이 문제는 이미 지적하였다.

(6) '∼조절효과가 있다'는 가설

조절효과도 통계 용어이지 특정 분야의 이론 개념이 아니다.

사용을 삼감이 좋다. '조절효과가 있다'고 표현하기보다는 'ㄱ(조절변인)이 증가할수록, ㄴ(독립변수)의 증가에 따른 ㄷ(종속변인)의 변화량이 증가한다'는 형식으로 기술하는 것이 좋다.

그리고 이런 가설을 설정하려면 이를 뒷받침할 이론 차원에서 논증이 충분히 이루어져야 한다. 그런데 흔히 종속변인과 독립변인을 중심으로 논의하고는 곁다리로 갑자기 조절효과가 있다는 가설을 제시하는 경우가 많다. 이런 오류는 왜 생기는가? 무엇보다도 조절효과와 같은 정밀한 변화를 사회과학의 이론으로 설명하기가 어렵기 때문이다. 그리고 흔히 연구자들이 남들이 하지 않은 통계 분석을 한다는 점으로 연구의 창의성을 과시하겠다는 의욕이 앞서기 때문이다.

여기서는 조절변인과, 독립변인 변화에 따른 종속변인의 변화량의 관계가 상증인지 역증인지가 밝혀져 있지 않다는 점도 문제이다.

(7) 지표나 척도가 이론 검토나 가설에 들어감

이론 검토를 하면서 "~연구는 ~지표를 썼는데 문제가 많다"고 지적하기도 한다. 지표指標나 지수指數, 대리변수는 독립변인變因이나 종속변인[16]을 측정하는 수단으로 활용될 수 있다. 이것들은 독립 및 종속변인과 달리, 이론이 아니라 경험 영역에 속한다. 그러므로 이런 말투는 자료 조사 방법(3장), 또는 자기 연구의 학문적 필요성(창의성)을 논의하는 서론에서나 쓸 수 있다.

그런가 하면 대리변수나 지표, 지수가 가설 속에 들어가는 경우가 있다. 예를 들어 "상대적 박탈감 지수가 높아질수록 삶의 만족도는 낮아질 것이다"와 같은 가설을 볼 수 있다. 상대적 발탈감은 이론 영역에 속하고 그것을 조작하여 수치로 표현한 '상대적 박탈 지수'는 경험 영역에 속한다. 그러므로 지수란 말 따위가 이론 차원의 가설에 들어가 있으면 어색하다. "상대적 박탈감이 클수록 삶에 만족하지 못한다"고 쓰면 좋다.

(8) 통제변수를 이론 검토에서 논의함

통제변수는 가설을 통계로 검사할 때 필요하므로 이론이 아니라 경험 영역에 속한다. 이론 검토에서는 언급하지 않는 것이 좋다. 통제변수가 무엇인가는 뒤에서 다루기로 하자.

(9) '지각된', '인지한'으로 변인을 수식함

흔히 '지각된 경제수준'처럼 일부 변인에만 '지각된'이라는 수

---

16) 흔히 변인과 변수變數를 같은 의미로 쓰기도 한다. 그런데 변수란 그야말로 수치이다. 아직 수치로 조작되지 않은 개념은 변인, 수치로 바뀐 것은 변수로 부름이 바람직하다.

식어를 붙이기도 한다. 설문지로 조사한 정보는 모두 지각된(인지한) 것이다. 그것만 지각되고 다른 것은 '객관적'이란 말인가? 사람들은 그런 말을 쓰지 않아도 지각된 것인지를 다 안다. 굳이 쓸 필요가 있는가?

(10) 가설 도출의 중도 포기

가설 도출을 중도에 포기한 이론 검토도 있다. 예컨대 "비난을 많이 받을수록 우울증이 심하다"고 까지만 이야기해 놓고, "비난을 많이 받을수록 자살생각을 많이 한다"는 가설을 제시하기도 한다. 이것은 논리의 날뜀(비약飛躍)이다. 우울증이 자살생각을 증가시킬 가능성이 크지만, 우울증이 바로 자살생각은 아니기 때문이다. 이론 논의를 더 밀고 나가서 "비난을 많이 받을수록 자살생각을 많이 한다"는 결론에 이른 다음에, 그것을 기반으로 삼아 가설을 제시하여야 한다.

다른 예를 들어보자. "사회의 지지가 클수록 청소년의 결혼의지가 세다"는 이론 논의 결과까지만 이끌어 내놓고는 "가족 지지가 클수록 청소년의 결혼의지가 세다", "친구 지지가 클수록 청소년의 결혼의지가 세다", "교사 지지가 클수록 청소년의 결혼의지가 세다"는 가설이 도출되었다고 말하기도 한다. 비록 가족, 친구, 교사의 지지가 사회 지지에 속하기는 하지만, 사회가 곧 가족, 친구, 교사는 아니다. 이것도 논리의 날뜀이다. "가족, 친구, 교사의 지지가 결혼의지를 세게 한다"는 지점까지 논의를 밀고 나간 다음에, 그것을 받침 삼아 가설을 세워야 한다.

(11) 분석 모형의 그림을 가설 앞에다 놓음

분석은 이론이 아니라 경험 영역에 속한다. 분석 모형도 마찬가지다. 분석 모형은 가설을 검사하는 방법을 표현한 것이다. 그러므로 가설 앞에 분석 모형을 제시하는 것은 만나기도 전에 헤어졌다고 말함과 같다.

이런 분석 모형에 통제변수가 들어가는 것도 어색하다. 통제변수는 조사방법에서 다루어야 하는데, 2장에 배치한 분석 모형에서 불쑥 사용하기 때문이다. 분석 모형은 분석 방법을 다루는 3장에서 통제변수까지 논의한 다음에 제시하는 것이 자연스럽다.

분석 모형을 '2) 분석 모형'과 같은 제목 바로 밑에 아무 설명도 없이 제시하는 경우가 있다. 이것이 영상 강의안이라면 문제가 없다. 논문에서는 글로 생각을 전한다. 모든 그림 앞뒤에는 짧더라도 설명이 들어가야 한다.

(12) 가설이 없거나, 가설이 자료 수집 및 분석 방법(3장)에 들어감

이론 검토라고 구구하게 써놓고는 가설을 밝히지 않는 논문들도 많다. 그런가 하면 특별한 이유도 없는데 가설을 서론이나, 자료 수집 및 분석 방법(3장)에서 제시하는 논문도 있다. 가설은 떠돌이가 아니다.

(13) 통계를 돌려본 다음에 가설을 세움

조사 자료들을 미리 통계로 분석해 보고 가설을 세우는 경우가 많다. 이것은 가설을 세워놓고 반증을 시도해야 한다는 원칙의 위반이다. 답을 알려주고 문제를 냄, 사람을 정해놓고 자리는 만듦(위인설관爲人設官)과 같다. 이런 반칙이 대량 논문 생산을 강요하는 한국 사회에서는 서슴지 않고 이루어진다. 딱한 사정이야 이해하고도 남는다. 그런데 이것을 당당하게 이야기하는 연구자도 있다. 이것이 양심선언良心宣言이면 다행이다.

(14) 이론 연관성이 적은 가설들을 나열함

이론 연관성이 적은 가설들을 나열하면, 검토해야 할 이론이 많아진다. 그리고 이론들이 얽히기 쉽다. 더 큰 문제는 연구문제가 집약되지 않아, 논문의 내용과 결론이 너저분해진다는 점이다. 논문은 중구난방衆口難防의 잡답보다는, 정갈하게 정리된 이야기일수록 좋다.

이럴 때는 차라리 연구문제를 분할하여 여러 편의 논문을 쓰는 것이 낫다.

(15) 너무 빤한 가설

가설은 연구문제의 이론 차원의 해답이다. 가설이 빤하면 연구문제가 빤하다는 뜻이다. 빤한 연구문제는 풀 필요가 없는 것처럼, 빤한 가설은 경험으로 검사할 필요가 없다.

4. 자료 수집 및 분석 방법

가설 검사가 목표이고, 자료는 수단이다.

1) 자료 수집 및 분석 방법(3장)의 목표

흔히 '연구방법'이라고 부르는 이 3장의 목표는 가설을 검사하는 데 필요한 자료의 수집과 분석 방법 등을 밝힘이다.

이 장에서는 가설 검사에 가장 적합하도록 자료를 수집하고, 가설 검사에 적절한 분석 방법을 사용했는지가 주요 쟁점이 된다. 연구자는 자기가 수집한 자료와 분석방법이 가설 검사에 적합함을 설득력 있게 주장하여야 한다.

이 장도 5대목과 내용 차원에서는 통일되어야 한다. 그러나 형식 차원에서는 통일할 수가 없다.

2) 들어갈 내용

(1) 조사 대상과 조사 과정

누구를 조사 대상으로(표본 추출 방법 등) 언제 어디서 어떤 절차로, 왜 조사하였는가를 밝혀야 한다. 6하何 원칙에 따라서 기술하되, 그렇게 하는 것이 왜 가설 검사에 적합한가에 중점을 두어야 한다.

남의 자료를 사용한 경우에도 그 자료를 누가 누구를 조사 대상으로(표본 추출 방법 등) 언제 어디서 어떤 절차로, 왜 조사하여 만들었는가를 기술하여야 한다. 그리고 이 자료가 가설 검사에 얼마나 적합한지 따위를 밝혀야 한다. 만약 연구자가 이 자료를 변형하여 사용할 경우에는 어떻게 왜 그렇게 했는지도 밝혀야 한다.

(2) 조사 내용

설문지 자료로 가설을 검사하는 연구에서는 조사 내용이 설문지에 들어가기 마련이다. 그래서 설문지의 내용과 작성 방법을 기술하여야 한다.

① 설문지의 3대 요소

가설을 검사하려고 설문지를 만들지, 설문지를 사용하려고 가설을 세우지 않는다. 가설에서 독립변인과 종속변인이 정해져 있어야 설문지를 작성하거나 남의 자료를 빌려 쓸 수 있다. 가설도 없는데 설문지부터 작성하는 것은 결혼 상대도 정하지 않고 예식장부터 잡는 것과 같다. 그러므로 설문지에는 무엇보다도 독립변인에 관한 질문, 종속변인에 관한 질문이 반드시 들어가야 한다.

그리고 독립변인과 종속변인의 관계를 올바로 검사하려고 고려하는 통제변수에 관한 질문도 들어가야 한다. 설문지의 3대 요소는 독립변인에 관한 질문, 종속변인에 관한 질문, 통제변수에 관한 질문이다. 그 밖에 논문을 몇 편 더 쓰려고 추가한 변인에 관한 질문이 포함될 수도 있다(하하…).

흔히 인구사회학적 변인들(나이 성별 따위)을 설문지에 반드시 넣어야 한다고 생각하는 연구자들도 있으나 그럴 필요는 없다. 그것들이 독립변인, 종속변인, 통제변수에 해당될 때에만 넣으면 된다.

② 통제변수

어떤 통제변수들을 왜 사용하는가를 기술해야 한다.

통제변수는 독립변수와 종속변수의 통계 관계가 왜곡되는 것을 막으려고 고려하는 변수이다. 예컨대 연령과 정치성향의 관계를 확인하려고 설문조사를 했는데, 보수 성향이 강한 지역에서는 젊은이들이, 진보 성향이 강한 지역에서는 노인들이 각각 더 많이 표본으로 선정되었다고 하자. 그런데 지역을 고려하지 않고 통계처리를 하면 젊은이가 더 보수적이라는 결과가 나올 수도 있다. 이런 문제를 예방하려면 각 지역에서 연령별 차이를 살펴보아야 한다. 이때 지역이 통제변인이 된다.

통제변인이 많을수록 통계처리의 오류를 줄일 수 있다. 종속변인에 영향을 미친다는 이론이나 경험의 뒷받침이 없는 변인을 통제변인으로 사용하더라도 큰 문제는 없다. 그러나 통제변인이 늘어날수록, 설문지의 분량이 늘어나고, 표본의 수도 많아져야 한다. 표본수가 적은데 통제변수를 한꺼번에 과다 투입하면, 통계 모형의 적합도가 문제가 된다. 따라서 통제변수를 종속변인에 영향을 많이 미치는 것으로만 제한할 필요가 있다. 이 점에서는 통제변수가 적을수록 좋다.

③ 척도

독립변인과 종속변인, 통제변인을 측정할 수 있는 척도를 구성해야 하는 경우에는 척도를 만드는 과정과 척도의 타당도 및 신뢰도를 기술해야 한다.

척도尺度란 변인들을 수치로 표시할 수 있는 도구이다. 예컨대 키는 자로, 몸무게는 저울로 잰다. 자와 저울이 척도이다. 척도로 독립변인變因 종속변인 통제변인을 측정하여 수치로 표현하면 독립변수變數 종속변수 통제변수가 된다.

척도는 신뢰도信賴度와 타당도妥當度가 높아야 한다.

신뢰도는 무엇인가? 키를 고무줄자로 잴 것인가, 쇠자로 잴 것인가는 신뢰도의 문제이다. 고무줄자로는 쇠자와는 달리 잴 때마다 값이 다를 가능성이 크다. 신뢰도는 같은 척도로 같은 대상을 잴 때마다 유사한 결과가 나오는 정도이다. 유사할수록 신뢰할 만하다. 신뢰도는 경험으로 확인할 수 있다. 여러 번 측정하여 얼마나 유사한 결과가 나오는지를 볼 수 있기 때문이다.

타당도는 무엇인가? 몸무게를 cm로 잴 것인가, kg으로 잴 것인가는 타당도의 문제이다. 몸무게를 cm로 재면 누가 마땅하다고 여기겠는가? 타당도는 어떤 척도로 어떤 것을 잴 때 그 척도가 얼마나 타당한가를 나타낸다. 타당도는 경험으로는 직접 확인할 수가 없다. 한 척도의 타당도는 관련 있는 다른 척도에 의지하거나, 요인을 분석하여 간접으로 점검해 볼 수는 있다. 그러나 이런 것들은 참고 사항일 뿐이다. 타당도의 최종 판단은 이성의 사유로만 내릴 수 있다.

남의 자료를 쓰는 경우, 가설의 독립변인과 종속변인을 잘 측정한 문항들을 찾기가 쉽지 않다. 그래서 척도의 타당도가 자주 문제가 된다. 이런 문제를 줄이려고 남의 자료에서 사용한 척도 문항 가운데 일부를 뺄 때에는, 그 내용과 이유를 자세히 설명해야 한다.

(3) 분석방법

가설 검사에 필요한 자료를 분석하려고 어떤 통계기법(예컨대 다중 회귀 분석)을 사용한다고 기술해야 한다. 통계 공식公式도 밝혀야 한다. 여기서도 왜 이 기법을 선택했는가가 중요하다. 초보 연구자들은 고급 통계기법을 사용해야 좋다고 생각하기가 쉽다. 그러나 비싼 옷과 음식처럼 고급 통계기법이 반드시 좋지는 않다. 기법을 고를 때 가장 중요하게 고려하여야 할 점은 가설과 변수의 성격 따위이다. 왜냐하면 가설을 검사하려고 통계기법을 선택하지, 어떤 통계기법을 사용하려고 가설을 만들지는 않기 때문이다.

흔히 SPSS 몇 판을 사용하였다고 밝히기도 하는데, 특별한 이유가 없으면 굳이 그럴 필요는 없다.

(4) 자료의 일반적 특성 소개

흔히 '조사 대상의 일반적 특성'이라는 이름으로 변수들의 분포나 상관관계를 제시한다. 이것은 "자료를 어떻게 수집하고 가설을 어떻게 검사할 것인지"를 밝힌 다음에 "그렇게 수집한 자료가 가설 검사에 적합한지"를 독자들에게 보여주는 친절[17]이다. 독자들이 이것들을 보면서 표본은 모집단을 얼마나 반영하고 있는지, 독립변수와 종속변수, 통제변수들이 어느 정도나 정규분포를 이루고 있는지, 이상치(outlier)나 결측치는 얼마나 되는지를 알 수 있다.

그런데 이것을 '그냥' 해놓은 연구들이 있다. 예를 들어, 특별한

---

17) 친절이므로 논문을 축약할 때는 가장 먼저 없애야 한다. 물론 친절 말고도 이것을 넣어야 할 이유가 있다. 옛날에 어떤 사람이 여러 해 걸려 석사 학위 논문을 쓰면서 이 '일반적 특성'을 빼는 '깔끔을 떨었다'. 부모님께 논문을 갖다 드렸더니 "그 고생을 하더니 겨우 이것이냐?"라고 하셨다. 뺀 것을 후회했다.

이유가 없는 한, 모집단의 남성과 여성의 비율이 5:5인데, "남성은 80%, 여성은 20%로 나타났다"고만 언급하고 넘어간다. 이것은 표본추출이 편향되었음을 스스로 드러내는 셈이다. 이런 자료는 독자가 신뢰하지 않는다. 이럴 때는 나름의 조치나 설명이 필요하다.

심지어 이런 '일반적 특성'을 연구결과라고 착각하는 연구자도 없지 않다. 예컨대, 변수들의 상관관계가 높게 나오면 그 관계를 새로 발견한 진리처럼 진술하고 심지어 결론에서도 부각시키기도 한다. 이것은 독립변인과 종속변인의 관계처럼 이론으로 뒷받침되지 않았으므로 진리에 근접한다고 말할 수 없다. 뿐만 아니라 연구문제와도 무관한 우연한 발견에 지나지 않으므로 결론이 아니다[18]. 허풍(과장誇張)이고 엉뚱(일탈逸脫)이다.

이런 '조사 대상의 일반적 특성'을 흔히 '분석 결과'(가설 검사, 4장)의 맨 앞에 기술하기도 한다. 계산기로 분석했다고 다 '분석 결과'는 아니다. 이것은 가설과 직접 관련되지 않고, 자료의 성격을 나타내므로, 3장에서 다루는 것이 좋다.

---

18) 물론 이 일반적 특성 자료가 결론보다도 훨씬 의미 있는 정보를 담고 있을 수가 있다. 그렇더라도 그것이 논문의 흐름에서는 중요하지 않다.

3) 흔한 실수

조사 방법이나 통계기법을 장황張皇하게 소개하기도 한다. 특히 새로운 통계기법을 사용할 때, 그것을 자세하게 기술하는 경우가 많다. 여기서 중요한 것은 연구자가 실제로 언제 어디서 무엇을 어떻게 했고, 왜 그렇게 했는지이다. 이 장의 목표는 새로운 기법을 설명해주는 교과서가 아니다. 기법의 소개는 부차副次이다.

5. 가설 검사

가설은 입증立證할 수 없다.
가설은 기각할 수 있을 뿐이다.
영가설의 긍정은 의미가 없다.
영가설의 부정 여부만이 의미를 지닌다.

1) 가설 검사의 목표

이 4장을 '분석 결과'라고 흔히 부르는데, 이 장의 목표를 분명하게 드러내려고 '가설 검사'로 부르고자 한다. 이 장의 목표는 자료를 분석한 다음 그 결과를 가설과 대질하여 가설의 기각棄却 여부를 판정함이다.

2) 가설 기각의 원칙

보편진술인 가설은 경험으로 긍정할 수는 없고 부정할 수만 있다. 가설은 긍정할 수 없으므로, 가설을 긍정하느냐(O) 부정하느냐(X)는 처음부터 관심의 대상이 아니다. 가설을 부정하느냐(X)

부정하지 못하느냐(XX)만이 논쟁거리다. 그러므로 연구자가 소망하는 최고의 결과는 가설을 부정하지 못함(XX), 곧 가설 기각의 실패이지, 가설의 입증이 아니다. 아무리 좋은 통계가 나와도 가설을 기각할 수 없다고만 이야기할 수 있다.

그런데 보편진술은 한꺼번에 경험할 수가 없다. '모든 개나리가 노랗다'를 어떻게 한 번에 관찰할 수 있겠는가? 그러므로 보편진술은 직접 부정할 수 없다. '이 개나리가 노랗다'와 같은 단칭진술을 경험으로 부정함으로써만 부정할 수 있다. 보편진술인 가설도 마찬가지다. 가설의 검사란 경험으로 단칭진술의 참거(진위)를 판정한 결과와 가설을 대질함이다. 가설 검사 연구에서 단칭진술을 판정하는 근거인 경험은 통계 분석의 결과이다. 통계 분석이 아무리 과학적이라고 해도 그것은 한 번의 조사를 분석한 것이므로 겨우 단칭진술의 참거를 판정하는 자료이다. 이 통계 결과로 단칭진술의 부정 여부를 결정하고, 그에 따라서 보편진술인 가설을 기각할지 말지를 정한다. 만약 통계 결과가 가설과 합치되는 단칭진술을 부정하면, 다시 말해서 통계 결과가 가설과 합치되지 않으면 가설을 기각한다. 통계 결과가 가설과 합치되면 가설을 기각하지 못한다. 기각하지 못하면 경험 결과가 가설을 겨우 한 번이긴 하지만, 지지支持한다고 말할 수 있다.

3) 왜 영가설을 세우는가?

　가설은 보편진술이다. 가설인 보편진술과 대질할 수 있는 단칭진술에는 영가설零假設(null hypothesis)과 조사가설(research hypothesis)이 있다. 영가설은 귀무가설歸無假設, 조사가설은 실험가설이나 작업가설이라고 부른다. 이 둘은 모두 단칭진술이므로 논리로만 보면 경험으로 부정도, 긍정도 할 수 있다.

　영가설은 가설과는 합치되지 않은 단칭진술이다. '모든 개나리는 노랗다'의 가설을 부정하는 영가설은 '이 개나리는 노랗지 않다'이다. 이 영가설과 대립되는 가설이 조사가설이다. 조사가설은 '이 개나리는 노랗다'와 같고 가설과 합치된다. 이 조사 가설은 실제의 관찰 대상이 된다. '이 개나리는 노랗다'는 것을 관찰해야만 그렇지 않다는 결론도 내릴 수 있다. 통계를 사용하여 가설을 검사할 때 종속변수와 독립변수의 관련성(조사가설)을 분석한 다음, 관련성이 없는지(영가설) 여부를 결정한다.

　그렇다면 통계 분석의 최종 결과로 왜 영가설에 주목하는가? 조사가설의 확인은 가설 기각 판단에는 아무런 의미가 없다. 단칭진술인 '이 개나리가 노랗다'는 조사가설이 참임을 입증하더라도 보편진술인 '모든 개나리가 노랗다'는 가설에는 아무런 변화가 없다. 이것만으로는 가설을 부정할 수도 긍정할 수도 없기 때문이다. 그렇지만 '이 개나리가 노랗지 않다'와 같은 조사가설의 부정, 곧 영가설이 참임을 확인하면 '모든 개나리가 노랗다'는 가설은 부정된다. 가설의 기각 여부를 판정할 수 있게 해주는 영가설의 확인이 중요하다. 마지막 공정의 품질검사에서는 정품(조사가설)이 아니라 불량품(영가설) 여부가 관심사이다. 약간의 흠만 있어도 불량품으로 처리한다.

4) 사회과학의 관찰

사회과학에서 영가설이 참임을 확인하려면 관찰을 해야 하는데, 이 관찰이 쉽지 않다. 예컨대 '언제나 동에서 해가 뜬다'는 가설의 검사에 필요한 영가설의 참거를 확인하려면, '오늘 동에서 해가 뜨는지 안 뜨지'를 관찰하면 된다. 해는 하나밖에 없기 때문에 하나만 확인하면 전체를 확인할 수 있기 때문이다. 마찬가지로 단칭진술인 "이 개나리는 노랗지 않다"는 것을 확인하려면 '이 개나리가 노란지 그렇지 않은지'를 보면 바로 안다.

[표 1-13] 태양 동출東出과 출산 의도 가설 비교

가설	연구대상	조사 가능 대상	실제 조사 대상	조사결과	전체 정보
태양 동출	태양	1개	1개	전체정보	관찰 결과
출산 의도	모집단	무수히 많음	다수(표본수)	부분정보	확률 추정

그러나 '부부관계와 둘째 자녀 출산 의도의 관계'는 쉽게 관찰할 수 없다. 이 세상 모든 부부가 조사 기간 동안 그런지를 확인하려면 모든 부부를 조사해야 한다. 이것이 가능하겠는가? 그래서 일부만을 골라서 표본標本(sample)들을 조사한다. 이 표본의 조사, 곧 부분 조사로 전체 경향을 확률로 추정한다(표 1-13).

흔히 표본 수가 천 개이면 천 번을 조사했다고 생각하기 쉽다. 그런데 우리가 알고자 하는 것은 개인이 아니라 사회 전체 곧 모집단母集團의 상태이다. 태양 동출 가설에서는 오늘 태양이 동에서 솟느냐가, 출산 의도 가설에서는 조사 기간 동안 모집단 안의 부부관계와 출산 의도의 관계가 있는지가 중요하다. 그러므로 천 명을 조사하더라도, 그것은 모집단을 겨우 한 번, 그것도 전체가 아니라 부분을 관찰한 것에 불과하다.

5) 표본 정보의 일반화, 보편화

사회과학에서 가설의 기각을 시도하려면 표본이 아니라 모집단의 정보가 필요하다. 그러나 모집단은 직접 조사하지 못한다. 그러므로 표본들을 조사하여 정보를 먼저 얻고, 이것으로부터 모집단의 정보를 추정한다. 그 추정 정보를 가설과 대질하여 가설의 기각 여부를 판정한다.

그러므로 가설 검사는 3단계로 이루어진다. 첫째는 표본 정보의 생산, 둘째는 모집단 정보의 추정, 셋째는 보편 정보(가설)의 판정이다. 여기서 표본 정보로 모집단 정보를 추정하는 것을 '일반화', 모집단 정보로 보편 정보를 판정하는 것을 '보편화'라고 부를 수 있다(표 1-14).

[표 1-14] 가설 판정의 단계

1 단계		2 단계		3 단계	
조사 ➡	표본 정보	— 일반화 ➡	모집단 정보	— 보편화 ➡	보편 정보
경험 영역				경험과 이론의 대질	

(1) 표본 정보

표본 정보는 표본을 조사하여 통계기법으로 분석한 자료이다. 이 자료는 표본에 관해서는 매우 상세하고 정확하다. 변수들의 평균과 분포, 변수들 사이의 관계, 독립변수가 종속변수에 미치는 영향의 정도, 종속변수에 독립변수들이 영향을 미치는 정도의 차이, 독립변수들의 영향력 서열 따위와 같은 정보들을 풍성하게 담고 있다. 그러나 이런 정보로는 영가설 부정 여부나 가설 기각 여부를 판정할 수 없다. 모집단 정보가 아니기 때문이다.

(2) 모집단 정보

가설의 기각 여부를 판정하는 데 필요한 것은 표본 정보가 아니라 모집단 정보이다. 연구자는 모집단 정보를 직접 얻을 수가 없다. 표본 정보로부터 추정할 수밖에 없다. 이것이 표본 정보의 일반화이다.

① 일반화의 한계

표본 정보를 모집단 정보로 전환, 곧 표본 정보의 일반화에는 분명한 한계가 있다.

첫째, 표본 정보의 상세도詳細度(량)가 줄어든다. 이를 테면 표본 정보에서는 독립변수의 변화에 따라 종속변수가 얼마나 변하는지도 알 수가 있지만, 모집단 정보에도 그 변화 정도가 같다고 말할 수는 없다. 표본의 통계 분석에서 나온 베타(β)값이 모집단 차원에서도 같다고 할 수 있겠는가? 이것은 소수 의견이 전체 의견이라고 단정하지 못하는 것과 같다. 그러나 표본 정보로 모집단 정보를 아무것도 추정할 수 없는 것은 아니다. 소수의 의견으로 전체의 의견이 무엇인지를 상세하게 다 알 수는 없지만 전체 의견 가운데는 그런 소수의 의견도 있다는 것은 알 수 있기 때문이다. 마찬가지로 표본 안에서 독립변수의 변화에 따라 종속변수가 많이 변하면 모집단에서는 최소한 두 변수 사이에 관계가 있을 가능성이, 적게 변하면 없을 가능성이 크다고는 말할 수 있다. 표본 안의 두 변수 관계의 강도를 활용하여 모집단 안의 두 변수 관계의 유무를 가늠할 수는 있다. 표본에서는 독립과 종속 변수의 관계 강도까지 알지만, 모집단에서는 겨우 관계의 유무만을 가늠한다. 강도를 알면 유무도 알지만, 유무를 알아도 강도는 모른다. 여기서 표본 정보를 일반화하면 정보의 상세도(량)가 줄어듦을 알 수 있다.

앞에서 설문지 가설 검사 논문에서는 독립변인이 종속변인에 얼마나 영향을 미치는가, 어떤 독립변인이 더 영향을 미치는가는 연구문제가 될 수 없음을 지적하였다. 그리고 'ㄱ이 ㄴ에 영향을 미치는가?'라는 형태의 연구문제만이 가능하다는 점을 밝혔다. 그 이유를 여기서 알아차릴 수 있을 것이다.

둘째, 표본 정보를 일반화하면, 정보의 정확도(질)도 손상된다. 모집단 안의 독립변수와 종속변수의 관계 유무도 정확하게는 알 수가 없다. 겨우 짐작할 수 있을 뿐이다. 그 짐작을 보다 정교하게 하려고 통계 기법을 사용한다. 그렇지만 아무리 과학적 짐작이라도 짐작은 짐작일 뿐이다. 가설을 검사하는 통계 추정에서는 관계의 유무를 확률로 계산한다. 확률은 관계가 있고 없을 가능성만을 이야기할 뿐, 있고 없음을 확정해주지는 않는다. 이 확률에 의존하는 판단에는 오류의 가능성이 들어가기 마련이다. 통계 결과로 확률과 유의수준을 따지는 이유가 여기에 있다. 이것은 표본 정보를 모집단 정보로 바꾸면 정확도가 손상된다는 의미이다.

② 영가설 부정 여부의 확률 판정
앞에서 보편진술인 가설의 기각 여부를 결정하려면 단칭진술인 영가설이 필요함을 밝혔다. 그런데 독립변수와 종속변수 사이의 관계를 나타내는 가설을 기각할지 말지를 판단하려면 표본이 아니라 모집단 차원의 영가설이 있어야 한다. 이 모집단 차원의 영가설 부정 여부도 직접 알 수는 없다. 표본 정보로부터 모집단 차원의 영가설이 참과 거짓일(진위眞僞) 확률을 얻고, 이 확률을 기준으로 영가설 부정의 여부를 판정한다. 이것이 표본 정보의 일반화이다. 표본 정보 일반화의 종착점은 영가설의 부정 여부 판정이다.

그렇다면 어떻게 영가설의 거짓 여부를 판정하는가?

영가설이 참일 확률(p)이 어느 정도일 때 영가설이 거짓이라고 결론을 내릴 것인가? 이것은 결국 연구자가 결정할 문제이다. 만약 영가설이 참일 가능성 0%일 때는 영가설을 부정하고, 가설의 기각을 거부(가설 지지)하여도 아무런 문제가 없다. 영가설이 참일 가능성 10%일 때 영가설을 부정하고 가설의 기각을 거부한다면 10%의 오판 가능성이 있다. 90%일 때 오판 가능성은 90%, 100%일 때는 오판 가능성이 100%이다. 영가설이 참일 확률이 낮을수록 가설의 기각 거부(가설 지지)를 결정했을 때의 오판誤判 확률이 낮다. 따라서 신중한(conservative) 연구자일수록 영가설이 참일 확률, 곧 오판 확률을 낮추려고 한다. 연구자가 용인하는 오판의 확률(영가설이 참일 확률)이 알파값(α)이다. 그래서 알파값은 연구자가 영가설을 부정해도 의미가 있다고 받아들이는 정도, 유의도有意度를 나타낸다. 연구자는 이것을 기준으로 영가설이 참일 확률(p)이 적으면 영가설을 부정하여 가설 기각을 거부하고, 크면 가설을 아쉽지만 기각한다. 예컨대 알파값을 0.001로 잡았는데 영가설이 참일 확률(p)이 0.03이면 영가설을 부정하지 못하지만, 알파값을 0.05로 올리면 그 확률(p)이 똑같은 0.03이라도 부정한다(표 1-15). 흔히 알파값을 0.001이나 0.05로 잡는다.

[표 1-15] 영가설 부정 판정의 사례

α	p	모집단 종속변수 차이		영가설 진위 확률		영가설 판정	가설 판정
		없음	있음	참	거짓		
.001	.03	3%	97%	3%	97%	p 〉.001, 부정 실패	기각
.05	.03	3%	97%	3%	97%	p 〈.05, 부정	불기각
.05	.1	10%	90%	10%	90%	p 〉.05, 부정 실패	기각
.2	.1	10%	90%	10%	90%	p 〈.2, 부정	불기각

③ **영가설의 상증相增 여부 판정**

이제까지 영가설의 부정, 부정 실패를 독립변수와 독립변수의 관계 유무하고만 관련시켜 논의하였다. 그런데 가설을 세울 때 관계의 유무('영향을 미친다')만이 아니라 그 관계의 상증相增 여부('~할수록 ~하다')까지 포함하는 것이 좋다는 점을 지적하였다. 가설은 '~이 증가 할수록 ~이 증가한다'(상증, +)나 '~이 증가 할수록 ~이

감소한다'(역증逆增, -)라는 형식으로 이루어지는 것이 좋다. 이에 상응하는 영가설은 '증가할수록 증가하지 않는다'이거나 '증가할수록 감소하지 않는다'이다.

그런데 영가설도 모집단 차원에 속하므로, 영가설의 상증 여부도 표본 정보로부터 추정해야 한다.

먼저 표본의 독립변수와 종속변수 관계의 상증 여부가 모집단과는 어떻게 관련되는가를 살펴보자. 표본에서 변수 사이에 양(상증, +)의 관계가 있다면, 모집단에서는 양의 관계가 있을 수도 있고 없을 수도 있다. 그러나 모집단에서 음(역증, -)의 관계는 거의 있을 수 없다. 정상적인 연구에서는 모집단의 음양 관계가 표본에서 뒤집힐 가능성이 거의 없기 때문이다. 그리고 표본에서 음의 관계가 있다면, 모집단에서 음의 관계는 있을 수도 있고 없을 수도 있지만, 양의 관계는 있을 가능성이 희박하다(표 1-16). 그러므로 표본과 모집단 사이에 음양이 일치하는 경우에서는 모집단에서 관계가 있을지 없을지를 확인해야 하지만, 음양이 반대인 경우에는 관계가 있을지 없을지를 확인해볼 필요가 없다.

만약 영가설이 '상증(+) 관계가 아님'인데 표본 분석 결과가 역증(-)으로 나왔다면, 어떨까? 영가설과 조사가설은 모집단 차원에 속한다. 영가설의 반대가 조사가설이므로, 조사가설은 '상증(+) 관계임'이다. 이것은 표본과 조사가설(모집단)의 관계 음양이 반대라는 뜻이다(표 1-16의 사례 3). 이런 경우는 거의 없다. 이럴 때는 관계의 유무는 따질 필요가 없다. 조사가설이 참일 가능성은 0%,

영가설이 참일 가능성은 100%에 가깝다. 영가설을 부정하지 못한다. 이럴 때는 독립변수와 종속변수의 관계 유무를 판단하려고 유의도(α)와 확률(p)을 살펴볼 필요도 없이 영가설의 부정을 포기하고, 가설은 기각해야 한다.

[표 1-16] 표본과 모집단의 독립·종속변수 관계의 음양 짝들

사례 번호	표본에서 독립·종족변수 관계의 음양	모집단 관계		발생 가능성	영가설 부정
		음양	유무		
1	+	+	유	유	가
			무	유	불가
2	+	−	유	희박	불가
			무	유	불가
3	−	+	유	희박	불가
			무	유	불가
4	−	−	유	유	가
			무	유	불가

이와는 달리 영가설이 '상증(+) 관계가 아님'인데, 표본의 관계가 상증(+)이라면(표 16, 사례 1) 어떻게 판단해야 하는가? 이것은

표본과 모집단의 음양이 합치된다는 뜻이므로, 관계의 유무를 따져보아야 한다. 독립변수와 종속변수의 관계가 있다면 영가설은 부정할 수 있지만, 관계가 없다면 부정할 수 없기 때문이다. 따라서 유의수준과 확률을 따져가면서 영가설의 부정 여부를 판정해야 한다.

여기서 영가설의 반대 가설인 조사가설의 관계 음양과 표본 관계의 음양이 다르고 같음에 따라 관계 유무를 따질(α와 p의 비교) 필요가 있는지 없는지가 결정된다는 것을 알 수 없다. 음양이 일치하지 않으면 유의수준을 고려할 필요도 없이 영가설을 받아들이고 가설을 기각한다. 그러나 이럴 가능성은, 가설을 잘 세우고 조사와 분석이 정상 절차를 따라 이루어졌다면, 거의 있을 수가 없다. 대부분의 성실한 연구에서는 관계의 음양이 일치한다. 그러므로 유의수준을 살펴서 영가설의 부정 여부와 가설의 기각 여부를 판정한다.

④ '영가설의 긍정(입증)'을 말해도 되는가?

영가설은 조사가설과 마찬가지로 모두 단칭진술이므로 부정도, 긍정도 할 수 있다. 그러나 영가설의 긍정은 의미가 없다. 왜 그런가?

예컨대 조사한 개나리가 분명하게 노랗다면, 노랗지 않다는 영가설을 자신 있게 부정할 수 있다. 그런데 노랑과 빨강이 섞여 있는 개나리라면 노랗다고 단정할 수는 없다. 이것은 노랗지 않다는 영가설을 확실하게 부정할 수 없다는 뜻이기도 하다. 이런데도 연구자가 경솔하게 노랗다고 보고 영가설을 부정하여, 가설 기각을 거부하면, 남들은 물론 자신도 이 연구 결과를 신뢰할 수 있겠는가? 신중한 연구자라면 노랗지 않다고 보면서 영가설을 부정하지 못한다고 판정해야 한다. 영가설을 부정하기가 애매할 때는 영가설을 부정하지 못한 쪽으로 결론을 내려서 가설을 기각하는 것이 과학자의 엄정한 자세이다. 어떤 사람이 범인인지 아닌지가 아리송할 때는 범인이 아니라고 판정하는 것이 억울한 누명을 줄이려는 판사의 올바른 자세이다. 따라서 영가설이 참일 가능성이 매우 낮을 때만 영가설을 부정하고, 참일 가능성이 매우 낮지 않을 때는 영가설을 부정하지 않는 것이 좋다.

여기서 영가설을 부정하지 못했을 때 영가설을 긍정했다고 말할 수 있는가? 노랑과 빨강이 섞여 있는 그 개나리를 노랗지 않은 것으로 치부置簿해버린다고 해서, 그 개나리가 노랗지 않다고 확신할 수 있는가? 판사가 증거가 충분하지 않아서 범인 여부가 애매하므로 무죄로 판결하였더라도 범인이 아님을 확정하는 것은 아니다. 영가설을 부정하지 못함이 긍정함은 결코 아니다. 따라서 '영가설이 긍정되었다'는 표현은 '가설이 입증되었다'처럼 어색하다. 영가설이 긍정되었다고 함부로 말해서는 안 된다. 부정했다거나 부정하지 못했다고만 말하는 것이 좋다.

이것을 통계 확률과 유의수준으로 영가설의 부정 여부를 판정하는 과정에 활용하여 설명해 보자. 예컨대 알파(α)를 0.05로 잡으면, 영가설이 참일 확률(p)이 5% 이하일 때만 영가설을 부정할 수 있다. 따라서 p가 0.3이라면 유의수준, 0.05의 6배이므로 연구자는 당연히 영가설을 부정하지 못한다. 그러면 영가설은 입증되었는가? p가 0.3이라면 영가설이 참일 가능성이 30%밖에 되지 않는다. 영가설이 거짓일 가능성이 70%나 되는데 어떻게 영가설을 입증하였다고 말할 수 있겠는가? 흔히 영가설을 부정하는 기준, 곧 유의수준은 낮게 잡고, 영가설의 부정과 부정 실패만을 말할 수 있을 뿐이다. 전투는 엄정한 기준으로 영가설을 부정하느냐 마느냐를 둘러싸고 벌어진다. 영가설의 긍정(입증) 여부는 사령관과 언론의 관심 밖이다. 영가설의 긍정(입증)이란 말은 쓰지 않는 것이 좋다.

(3) 보편 정보

표본 정보의 종착역에서는 영가설의 부정 여부를 판단한다. 영가설의 부정, 혹은 부정 못함이라는 모집단 정보(단칭진술)를 가설이라는 보편진술과 대질하여 가설 기각의 여부를 판정해야 한다. 이것을 모집단 정보의 보편화라고 부를 수 있다. 그렇다면 보편 정보의 핵심인 가설의 기각과 가설 기각 실패란 어떤 의미인가?

① 가설 기각 실패의 의미

만약 표본과 모집단에서 독립변수와 종속변수의 관계 음양이 일치하는지를 살펴보고 p값과 유의수준을 비교하여 영가설을 부정하면 가설은 기각하지 않아도 된다. 이것은 연구자가 속으로 바라는 바이다. 그러나 가설이 입증된 것은 아니다. 가설이 부정되지 않을 뿐이다. 이 가설은 다음 경험으로 기각되지 않을 때까지는 당분간 진리로 인정을 받는다.

② 가설 기각의 의미

영가설을 부정하지 못하면 가설을 기각할 수밖에 없다. 그렇다면 가설을 기각하였다는 의미는 무엇인가?

흔히 가설이 기각되면 그 반대 가설이 진리라고 착각하는 경우들이 많다. 예컨대, "부부가 대화를 많이 할수록 둘째 자녀의 출산 의도가 크다"라는 가설이 기각되면, "부부가 대화를 많이 할수록 둘째 자녀의 출산 의도가 크지 않다"라는 반대 가설이 입증되었다고 믿는 사람들이 적지 않다. 남의 연구 결과들은 검토하면서 가설의 기각을 반대 가설의 입증으로 해석한 논문을 심심찮게 본다. 이것은 과장 오류이다. 예를 들어보자. p가 0.3이면 거의 모든 연구자들이 영가설을 부정하지 못하고 가설을 기각한다. 그러나 이것은 영가설이 참일 가능성이 30%밖에 되지 않고, 거짓일 가능성은 70%나 된다는 뜻이다. 영가설을 부정하지 못하여 가설을 기각하였다고, 영가설이 참이고 반대 가설이 입증되었다고 어떻게 단정할 수 있겠는가? 더군다나 '영가설이 참이다'는 단칭진술이고 가설의 반대 가설은 보편진술이다. 어떻게 하나의 단칭진술이 경험으로 부정되기 어렵다는 증거로 보편진술인 반대 가설을 입증할 수 있겠는가? 단칭진술이 확실하게 참이라고 하더라도 그럴 수가 없다. 영가설의 부정 실패가 영가설의 긍정이 아닌 것처럼, 가설의 기각이 반대 가설의 입증이 아니다. 가설의 기각이란 가설을 잠정 진리(참)로 단정하기가 꺼림칙하다는 의미 그 이상이 아니다.

(4) 표본, 모집단, 보편 정보의 비교

이제까지 논의한 3종류의 정보들을 비교 정리해 보자.

표본 정보는 직접 조사로 만들 수 있다. 그러나 모집단 정보는 직접 조사로는 얻을 수 없다. 표본 정보로부터 추정할 수 있을 뿐이다. 보편 정보도 직접 경험으로는 얻을 수 없고, 추정된 모집단 정보를 활용하여 만든다.

표본 정보는 표본에만 한정되므로 보편성이 매우 작다. 모집단 정보는 보편 정보는 아니지만, 표본 정보보다는 보편성이 크다. 그러나 이것도 어디까지 단칭진술의 부정 여부에 관한 정보에 지나지 않으므로 보편성이 크지는 않다. 보편 정보는 당연히 보편성이 크다.

표본 정보의 내용은 변수들의 평균과 분포, 변수들의 관계와 관계의 강도들을 비롯하여 매우 다양하다. 모집단 정보는 영가설의 부정 여부로 제한된다. 이것은 영가설의 부정과 부정 불가 가운데 하나이다. 연구자는 양자택일만 할 수 있다. 여기서는 영가설의 긍정도 의미가 없다. 보편 정보는 가설의 기각 여부로 한정된다. 여기서도 연구자는 양자택일만 할 수 있다. 가설의 입증도 의미가 없다.

따라서 표본 정보는 모집단 정보나 보편 정보보다 상세하다. 정보의 양이 모집단 정보와 보편 정보보다 많다.

표본 정보는 정확하다. 그러나 모집단 정보는 표본 정보로부터 추정한 것이므로, 모집단 정보인 영가설의 부정 여부도 확률로만 나타난다. 모집단 정보의 정확성은 표본 정보에 비교하면 많이 낮다. 보편 정보도 모집단 정보에 의존하므로, 보편 정보인 가설의 기각의 여부를 확률로만 이야기할 수 있을 뿐이다. 보편 정보의 정확성도 많이 낮다.

표본 정보는 직접 생산할 수 있고 양과 질이 우수하나, 일반성과 보편성이 없어서 영가설 부정 여부와 가설 기각 여부를 판정하는 데는 활용할 수 없다. 이와는 달리 영가설의 부정 여부인 모집단 정보와 가설의 기각 여부인 보편 정보는 직접 조사로는 만들 수 없다. 표본 정보로부터 추정할 수 있을 뿐이다. 모집단 정보와 보편 정보를 표본 정보로부터 추정하려면 표본 정보의 질과 양을 희생하지 않으면 안 된다. 정보의 일반화와 보편화는 정보의 질과 양을 희생한 대가로만 가능하다.

이상의 논의를 표로 정리해보자.

[표 1-17] 표본, 모집단, 보편 정보의 비교

비교기준	표본 정보	모집단 정보	보편 정보
생산 방식	직접 조사	표본 정보에서 추정	모집단 정보에 의존
보편성	매우 작음	작음	큼
내용	변수 간 관계 강도 등	영가설 부정 여부	가설 기각 여부
정보 상세도(양)	큼	작음	작음
정보 정확성(질)	높음	낮음	낮음

6) '가설 검사' 글쓰기

이제까지 가설 검사의 목적과 가설 검사의 원리를 설명하였다. 이제 '가설 검사 결과(4장)'라는 이 장을 어떻게 기술하는 것이 좋은가를 설명하고자 한다.

(1) 가설에 따라서 '가설 검사'(분석 결과, 4장)의 목차를 구성함

'가설 검사'의 목적은 자료를 분석하여 가설 기각 여부를 판정함이다. 가설들의 기각 여부는 축구 시합에서 지고 이김과 같다. 그러므로 이곳의 목차는 가설을 중심으로 달아야 한다. 이론 검토의 말미에 정리한 가설의 순서를 그대로 따르는 것이 최선이다.

그런데 목차를 통계 분석 방법을 중심으로 설정한 논문들도 있다. 예를 들면 다음과 같다.

[표 1-18] 통계 분석 방법을 중심으로 작성된 목차 사례

4장 분석 결과

1절 변수 간 상관관계 분석

2절 다중회귀 분석

  1. 모형 적합성 검토

  2. 다중회귀 분석 결과

이것은 횟집의 간판에 사용하는 회칼들만 그려 놓은 것과 같다. 누가 칼집으로 알지, 횟집으로 알겠나? 통계 해설로 알지, 누가 가설 검사로 알겠나? 궁금한 것은 가설 기각 여부이지 통계 분석 방법이 아니다. 이런 글의 초점은 흐리고, 흐름은 어지럽기 마련이다. 물론 가설이 하나밖에 없을 때는 이렇게 할 수 있을지도 모르겠다.

한편 분석 결과에서 조사 대상자의 일반적 특성 따위를 크게 부각시키고 가설은 하대하는 논문도 적지 않다. 예를 들면 다음과 같다.

[표 1-19] 가설을 하대한 목차 사례

4장 분석 결과

1절 조사 대상과 변수의 일반적 특성

  1. 인구사회학적 특성

  2. 주요 변수의 일반적 특성

2절 변수 간의 상관관계

3절 통계 모형의 적합성

4절 가설 검증

  1. 부부관계의 정서적 요소와 둘째 자녀 출산 의도

  2. 부부관계의 성적 요소와 둘째 자녀 출산 의도

  3. 부부관계의 활동적 요소와 둘째 자녀 출산 의도

  4. 부부관계의 가족교류 요소와 둘째 자녀 출산 의도

조사 대상자의 일반적 특성이나 변수들 사이의 상관관계는 이 4장의 주요 관심사가 아니다. 이것은 기껏해야 가설의 기각 여부를 검사하는 자료의 신빙성을 높여 주는 들러리이다. 심지어 논문의 크기를 부풀리는 '신발창'이기도 하다. 그래서 논문을 축약할 때는 가장 먼저 버려야 할 부분이다. 이것이 4장에 있어야 할 마땅한 이유가 없다. 그리고 통계 모형의 적합성 검토도 가설 검사 준비의 일부분이다. 이것도 들러리이다. 그런데 여기서는 들러리의 품계가 주인공보다 높다. 들러리가 '절'(1절, 2절, 3절, 4절)인 정일품이고, 주인공은 '소절'(1., 2., 3., 4.)인 정이품이다. 1절과 2절의 내

용들은 3장으로 옮기는 것이 좋다. 그리고 아래 표처럼 4절의 '소절'(1., 2., 3., 4.)들을 절로 승격하고, 3절의 내용을 소절로 강등하여 각 가설 검사의 들러리로 처리하는 것이 바람직하다.

[표 1-20] 가설 중심 목차 사례

4장 가설 검사
1절 부부관계의 정서적 요소와 둘째 자녀 출산 의도
2절 부부관계의 성적 요소와 둘째 자녀 출산 의도
3절 부부관계의 활동적 요소와 둘째 자녀 출산 의도
4절 부부관계의 가족교류 요소와 둘째 자녀 출산 의도

그런데 위 사례(표 1-20)에서 각 절의 가설들을 검사하는 데 필요한 통계 분석 결과(통계 분석 결과 표)가 따로 따로 있다면, 다시 말해 4개라면, 모형 적합성 검토 결과와 통계 분석 결과를 따로 따로 제시하면서 가설의 기각 여부를 기술하면 된다. 그런데 전체 가설을 검사하는 통계 분석이 하나밖에 없을 수가 있다. 다중회귀분석법이나 구조방정식을 사용하면 그렇게 되기가 쉽다. 이럴 때는 첫 번째 가설의 검사(제 1절)에서만 모형 적합성 검토 결과와 통계 분석 결과를 자세히 소개하고 나머지 절에서는 생략하는 것이 좋다. 생략하면 써야 할 내용이 많지 않아서 절로 처리하기가 곤란하다고 생각할 수도 있다. 절이냐 소절이냐를 글의 분량으로

정해서야 되겠는가? 군인들의 계급을 키순으로 정하는가?

(2) 정보의 일반화와 보편화 과정에 따라 기술

표본 정보와 모집단 정보, 이론 차원의 보편 정보 단계를 구별하고, 일반화와 보편화의 단계를 거친다는 것을 잊지 말고 글을 씀이 좋다. 표본 정보를 제시한 통계 분석표에서 영가설의 부정 여부를 확률과 유의수준을 비교하여 판정하고, 그 결과에 따라 가설의 기각 여부를 결정하는 단계들을 차분하게 기술하는 것이 좋다. 예를 들면, "p가 유의수준(0.05)보다 작으므로 영가설을 부정할 수 있다. 따라서 가설을 기각하기 어렵다." 혹은 "p가 유의수준(0.05)을 벗어났으므로 영가설을 부정할 수 없다. 따라서 가설을 기각할 수밖에 없다."와 같이 기술하는 것이 좋다. 영가설 부정 여부와 가설 기각 여부는 한 문장으로 처리해도 무방하다. 그러나 이런 짧은 기술에서도 정보의 단계를 생각했느냐와 그렇지 않았느냐에 따라 논문의 품위가 달라진다.

흔히 '＊' 표의 유무와 개수만을 보고 가설의 '기각'이나, '지지' '입증' '채택採擇'을 선언한다. 성급하게 판단하면 '영가설의 입증'이나 가설의 '채택採擇'[19]과 같은 말실수를 한다. 그리고 가설이 기

---

19) 채택이란 '골라서 선택하다'이다. 이 말 속에는 가설은 통계로 골라내고 나

각되면 당황하거나, 가설의 기각을 '반대 가설의 입증'으로 오해하기도 한다.

(3) 가설을 지지하는 보강 자료의 사용

가설 기각 여부는 확률에 따라 판정한다. 가설이 기각되지 않았더라도 확률에 의존하여 판정하였으므로 오류의 가능성이 있기 마련이다. 오류 가능성이 없다고 하더라도 가설이 입증된 것이 아니다. 그러므로 자기의 가설을 지지해주는 질적, 양적 자료가 있으면 보강해 주는 것이 좋다. 이것은 경찰이 범인을 확정하고도 보강 수사를 하는 것과 다르지 않다. 특히 응답자의 수가 많지 않아서 유의수준(α)을 0.1처럼 느슨하게 잡은 경우에는 소수의 응답자들을 심층 면접한 자료를 사용하여 가설을 지지해 주는 것이 좋다.

남의 관련 연구 결과를 활용할 수도 있다. 그런데 "이(자신의) 연구결과가 홍길동(2019)의 연구결과를 지지해준다"고는 쓰지 않아야 한다. 내 연구의 목적이 남의 연구를 지지해 줌에 있지 않기 때문이다. 자신감을 갖고 당당하게 자기 글을 펼쳐나감이 바람직하다.

머지는 가볍게 버려도 된다는 뜻이 숨어 있다. 가설은 연구문제에 관한 이론 차원의 해답이다. 가볍게 버려서는 안 된다. 사랑하는 사람과 헤어지더라도 최소한의 예는 갖추어야 하지 않을까?.

(4) 가설이 기각되면 경험과 이론을 성찰해야 함

가설 기각은 심각한 사태이다. 한 연구에서 상반되는 주장을 하는 셈이기 때문이다. 앞의 이론 논의에서는 가설이 옳다고 주장해 놓고는, 뒤의 경험 검사에서는 가설을 부정하고 있다. 눈앞에서 진심으로 사랑을 고백하고 돌아서자마자 이별을 말해야 하는 상황과 같다. 그러나 당황할 필요는 없다. 그렇게 될 수밖에 없는 사정을 진솔하게 기술하고 사과하면서 앞날을 기약하면 크게 비난받지는 않을 수 있기 때문이다.

사정을 말하려면 무엇보다도 왜 이런 결과가 나왔는지를 살펴보아야 한다. 가설의 기각이란 경험이 이론과 일치하지 않는다는 뜻이다. 그러므로 경험, 곧 조사 및 분석 과정을 먼저 되돌아보고, 여기에 문제가 없다면 가설 설립의 논리와 가설 자체까지 문제가 없는지 따져보아야 한다.

조사 및 분석 과정을 되돌아볼 때는 먼저 영가설이 참일 확률(p)부터 점검해야 한다. 예컨대 $p=0.1$이고 유의수준이 0.05일 때는 당연히 영가설을 부정하지 못하고 가설을 기각한다. 그러나 이 경우에도 영가설이 거짓일 가능성이 90%나 된다. 이런 예처럼 대부분 p가 0.05 유의수준보다 조금 큰 정도에서 가설이 기각된다. 가설을 제대로 세웠다면 영가설이 부정되더라도 p가 유의수준 0.05를 터무니없이 크게 벗어나는 경우는 드물다. 그러므로 가설의 기각을 심각하게만 받아들일 필요는 없다. p는 조사나 분석 과정에서 원칙을 조금만 소홀히 해도 0.05 유의수준을 벗어나기 쉽다. 표본수가 적거나, 척도가 잘못되어도 p값이 커진다. 특히 남의 자료를 사용한 경우 척도의 타당도가 낮을 가능성이 크다. 이와 같은 문제들을 지적하고 엄밀한 조사가 필요함을 인정하면서 연구를 마무리하더라도 크게 비판받지는 않는다.

그런데 만약 조사와 분석에 큰 문제가 없는 상태에서, 영가설이 참일 확률(p)이 지나치게 크거나, 독립변인과 종속변인 관계의 음양陰陽이 가설과 표본 통계결과 사이에서 불일치한다면[20], 가설이 잘못되었다고 보아야 한다. 이럴 땐 가설을 완전하게 고칠 수 있으면 고쳐야 한다. 그러나 이것은 논문을 새로 쓰는 것과 다르지 않을 수도 있다. 그러므로 가설을 새롭게 구성하지 못하지만 대략의 수정 방향이라도 제시하는 것이 바람직하다.

7) '가설 검사'에서 흔히 보는 실수들

가설 검사에서는 그 목적과 원리가 무엇인지를 모르기 때문에 실수를 하는 경우가 많다. 이런 실수들을 기술해보자.

---

20) 예컨대 가설에서는 상증(+)인데 표본 통계 결과가 역증(-)이다.

(1) '통계적으로 유의미하다'

흔히 '가설이 통계적으로 유의미하다'고 쓰기도 한다. 이 말은 매우 화려하지만 흐릿하다. 유의미한 것은 가설이 아니라, 연구자가 가설을 기각하기 어렵다는 판단이다. 연구자가 스스로 유의미한 수준을 정하고 그 수준에서 가설의 기각 여부를 판단하기 때문이다. 정보의 단계를 고려하는 연구자라면 영가설이 참일 확률이 유의수준보다 작으므로 영가설을 부정할 수 있고, 영가설이 부정되었으므로 가설을 기각하지 않는다는 의미로 글을 쓸 것이다. 굳이 '통계적으로 유의미하다'는 말을 쓰고 싶으면, 이렇게 쓰면 조금 나을 것이다. '통계적으로 유의미한 수준에서 영가설을 부정하고, 가설을 기각하지 못한다.'

(2) '가설을 잠정暫定적으로 기각'

'잠정적으로 가설을 기각한다'고 서술한 논문을 심심치 않게 본다. 자료가 적절치 못하여 기각 여부의 판단을 잠정적으로 보류할 수는 있지만, 가설을 '잠정적으로' 기각할 수는 없다. 한 번만 기각되어도 영원히 기각되기 때문이다. 가설을 잠정 진리로는 인정할 수 있다.

(3) 신뢰도와 타당도에 관한 통계 자료를 가설 검사로 오해함

신뢰도와 타당도를 통계로 처리한 자료들을 가설 검사로 오해하고 4장에서 다루는 논문이 있다. 조사대상자의 일반적 특성도 통계 처리를 하였으므로 분석 결과라고 오해할 수 있다. 통계처리를 하였다고 다 가설 검사 결과에 넣을 수 있는 것이 아니다. 가설 검사와는 직접 관련되지 않는 통계 분석은 가설을 검사하는 4장보다는 3장에 넣는 것이 바람직하다. 신뢰도와 타당도 따위는 3장의 척도 기술에서 다루어야 좋다.

(4) 조사대상자의 일반적 특성 자료의 과장 해석

조사대상자의 일반적 특성을 분석한 통계 자료를 보고 새로운 진리를 발견하는 것처럼 기술하는 논문들이 있다. 이런 논문들은 연구문제에서 "실태를 살펴보고"라는 말을 첨가하기도 한다.

예컨대, 둘째 자녀의 출산 의도에 관한 평균이 높게 나오면, 둘째 자녀의 출산 의도가 매우 높다고 결론을 내린다. 그러나 평균은 표본 정보에 불과하다. 그리고 그 정보도 조사자가 만든 척도로 측정한 결과일 뿐이다. 척도가 어떻게 구성되었느냐에 따라 출산 의도의 평균이 높을 수도 있고 낮을 수도 있다. 시험문제의 난이도에 따라 평균이 달라진다. 한 번 본 시험의 평균을 보고 학생들의 실력을 말할 수 없는 것처럼, 한 번 조사한 출산 의도의 평균을 보고 부부들의 출산 의도가 높은지 낮은지를 말할 수가 없다.

이와 같은 자료로는 모집단의 일반 경향을 확신할 수 없다. 더군다나 이 자료는 이론적 논의를 거치지 않고 통계적 경험에만 의존하고 있으므로 보편 상황과는 거리가 멀다.

그러가 하면 변수들의 상관관계를 분석하고, 유의수준을 '*' 표로 확인한 다음, 상관관계가 있다고 단정하고, 심지어 결론에도 기술한다. 이것은 표본 정보를 일반화시킨 정도에 불과하다. 이론 검토도 거치지 않고 경험으로만 말하고 있을 뿐이므로 결코 보편 진리일 수는 없다.

물론 이런 정보들이 아무런 가치가 없다는 뜻은 아니다. 의도하지 않았지만 의미 있는 발견일 수 있다. 이를 기점으로 새로운 연구를 시작할 수도 있다. 그러나 이것 자체가 잠정 진리일 수조차도 없다. 그리고 이것은 연구문제와는 거리가 멀다.

(5) '어떤 변수가 매우 강한 영향을 미친다'

표본 조사에서 독립변수와 종속변수의 관계가 강하면, 독립변수가 종속변수에 강하게 영향을 미친다고 주장하는 논문이 있다. 이것은 표본 정보를 곧바로 보편 정보로 해석함이다. 표본 정보를 일반화하고, 보편화하려면 정보의 양과 질을 희생하지 않으면 안 된다. 이것은 물건을 사려면 돈을 내야 하는 것과 같다. 표본 정보의 관계 강도는 관계 유무의 확률로만 전환될 수 있음을 이미 지적하였다. 표본 정보에서 추정한 모집단 정보와 보편 정보에서는 관계의 강도를 담지 못한다. 그리고 독립변수와 종속변수의 관계 강도까지는 이론으로 충분하게 설명하기가 쉽지 않다. 독립변수가 종속변수에 얼마나 강하게 영향을 미치는지를 가설로 세우기가 어렵다. 따라서 독립변수와 종속변수의 강도를 주장함이란 이론 논의도 없이 겨우 부분 관찰(표본 정보)로 보편 진리를 단정함이다.

(6) '어떤 변수가 가장 많이 영향을 미친다'

표준화된 베타(β) 값으로 어떤 독립변수가 종속변수에 가장 많이 영향을 미친다고 기술하는 연구도 있다. 베타(β) 값이 아무리 표준화가 되었더라도 표본 정보일 뿐이다. 일반화와 보편화의 단계도 거치지 않고 어떻게 영향력 서열에 관한 표본 정보를 곧바로 보편 정보로 사용할 수 있겠는가? 이미 이야기한 바와 같이 표본 정보에서 추론한 모집단 정보나 보편 정보로는 서열을 말할 수 없다. 뿐만 아니라 서열을 뒷받침할 만한 정교한 이론도 구성하기가 어렵다. 이론 논의도 없이 표본 조사 한 번으로 진리를 확정할 수는 없다.

예컨대 소득이 높을수록 둘째 자녀 출산 의도가 크다고 한 연구와, 부부관계가 좋을수록 둘째 자녀 출산 의도가 크다고 한 연구가 있다고 하자. 그 밖에도 시부모와 관계, 주거비, 보육제도가 출산 의도에 영향을 미친다는 연구들이 많이 있다고 하자. 그런데

한 연구자가 이것들을 종합하여 한꺼번에 조사한 다음, 각 변수들이 미치는 영향력의 서열을 알아보겠다고 하면 어떨까? 매우 창의적이긴 하나, 아쉬움을 남긴다. 이런 연구는 대개 2장에서 남의 가설들을 쭉 나열할 뿐, 독립변수들의 영향력 서열은 가설로 설정하지 않는다. 왜냐하면 연구자가 영향력 서열까지 말해 줄 수 있는 이론을 찾기도, 스스로 세우기도 어렵기 때문이다. 그러고는 분석 결과에서 '고급' 통계로 가설의 '통과' 여부를 선언하고, 표본 정보인 표준화된 베타(β)값 따위로 서열을 확정한다. 이론 논의도, 표본 정보의 일반화도, 보편화도 없이 진리를 확정할 수 있는가?

(7) '결정 요인'을 통계 결과로만 확정함

논문의 제목이 "둘째 자녀 출산 의도에 영향을 미치는 요인에 관한 연구"와 같이 되어 있는 논문이 있다. 이런 논문들은 대개 결정 요인이 될 만한 독립변인들을 나열하면서, 가설들이라고 제시하고는 통계 분석을 하여 '*'가 뜬 변수들만을 골라 결정 요인이라고 단정하고 '가설이 채택採擇되었다'고 선언한다. 유의수준을 따져서 모집단 정보를 근거로 결정 요인을 뽑아 고르고(채택) 있으므로 얼핏 과학적인 것처럼 보인다. 그러나 이론적인 상관성도 없는 독립변인들을 나열하였으므로, 치밀하게 이론을 검토하여 가설을 세웠을 리가 없다. 경험만으로 진리를 발견하였다고 말하고 있는 셈이다.

6. 결론

결론은 연구문제의 답이다.

1) 결론의 목표

결론의 목적은 서론에서 제시한 연구문제의 답을 밝힘이다. 이 답을 얻으려고 이론을 검토하여 임시 해답인 가설을 설정하고, 그 가설을 검사하여 가설의 기각 여부를 판정하였다. 따라서 가설 판정 여부를 중심으로 답을 밝혀야 한다. 그러나 가설 판정이 곧바로 결론은 아니다. 결론으로 가는 길목일 뿐이다.

2) 결론 글쓰기

연구문제의 답, 곧 결론을 제시하기 전에 연구과정을 요약하여 기술할 수도 있다. 연구문제의 긴 풀이 과정을 정리해 보면 결론의 의미가 더 확실해질 수도 있기 때문이다. 그러나 너무 장황하게 기술할 필요는 없다. 심지어 기술하지 않아도 무방하다.

연구문제의 답인 결론을 기술할 때는 '가설 1-1', 통계수치 따

위와 같이 자기 논문에서만 고유한 의미를 지내는 기호를 사용하지 않는 것이 좋다.[21]

이론검토, 연구방법, 분석 결과를 읽지 않은 사람도 서론을 이해할 수 있어야 하는 것처럼, 서론에서 제시한 연구문제의 답을 밝히는 결론도 그러해야 하기 때문이다. 연구문제처럼 결론도 보통 언어로 밝혀야 좋다.

가설의 기각 여부는 논문의 주요 관심사임에는 틀림없다. 그러나 그것은 결론이 아니라 결론에 이르는 과정의 일부일 뿐이다. 따라서 결론에서는 가설의 기각 여부가 아니라 기각 여부가 이미 정해진 가설의 내용을 보통 언어로 풀어서 기술해야 한다. 예컨대 "부부가 시댁교류를 많이 할수록 부부의 둘째 자녀 출산 의도가 크다라는 가설 7이 지지되었다"보다는 "부부가 시댁교류를 많이 할수록 부부의 둘째 자녀 출산 의도가 크다"라고 쓰는 것이 좋다.

3) 함의가 무엇인가?

함의 기술은 연구자가 독자에게 베푸는 친절의 덤이다. 함의는

---

21) 물론 연구 과정을 요약할 때는 사용할 수도 있다. 그러나 그럴 때에도 자기 논문에만 사용하는 부호는 괄호 안으로 처리하는 것이 좋다.

써도 되고 쓰지 않아도 된다.

함의는 자신의 연구결과가 실천과 학문에서 가지는 의의와 쓸모 따위라고 할 수 있다. 실천적, 학문적 함의는 서론의 실천적, 학문적 필요성과 연관되기 마련이다. 따라서 함의를 밝히려면 자신의 관련 연구 결과(결론)와 실천적 학문적 상황을 기술하고, 그런 상황을 개선하는 데 기여할 점 따위를 제시하는 것이 좋다. 함의 기술의 3대 요소는 관련 연구 결과 언급, 실천적 학문적 현실 언급, 기여할 점의 제시라고 할 수 있다.

연구자가 결론을 내리기까지 얼마나 많은 수고를 하였는가? 어렵게 얻은 결과가 어떤 의의가 있느냐고 언론 기자가 물을 때 대답할 거리를 생각해보면 실천적 학문적 함의를 어떻게 써야 하는지를 알 수 있다.

실천적, 학문적 함의의 사례를 들어보자.

"이 연구에서는 부부가 정적 공동 여가 활동이나 시댁교류를 많이 할수록 둘째 자녀 출산 의도가 크다는 것을 알 수 있었다. 그런데 기존의 출산 장려 정책에서는 출산 의지를 키우려는 계몽啓蒙이나 경제적 유인 따위에만 초점을 맞춘다. 이 연구의 결과는, 둘째 자녀 출산을 늘리려면, 계몽이나 경제적인 유인지원만이 아니라, 부부의 여가 활동을 지원하고, 가족교류를 증진시키는 정책과 프로그램의 개발이 필요하다는 것을 보여준다."

"이 연구에서는 부부가 정적 공동 여가 활동이나 시댁교류를 많이 할수록 둘째 자녀 출산 의도가 크다는 점을 알 수 있었다. 이것은 여가 활동이나 시댁교류와 같은 인간관계에 영향을 미치는 요인들이 부부들의 출산 의도를 증가시킬 수도 있음을 의미한다. 그런데 기존의 연구에서는 자녀 출산에 영향을 미치는 변수로서 연령, 교육비, 학력 등을 주로 지적하였다. 따라서 부부관계에 중요한 영향을 미치는 가족교류나 여가 활동과 같은 변인들이 자녀의 출산 의도에 미치는 영향 따위를 더 연구할 필요가 있다."

4) 연구의 의의와 한계

자신의 연구 결과의 장점과 한계를 지적하면서, 동일한 연구문제를 다룰 때 학문 공동체가 앞으로 해야 할 과제를 제시하기도 한다. 이것은 겸손한 친절이다. 그러나 사족일 수도 있다.

5) 결론에서 흔히 보는 실수들

결론에서는 정녕 결론을 쓰지 않거나 함의를 엉뚱하게 기술하는 실수들이 많다.

(1) 연구 과정만을 기술하고 결론을 쓰지 않음

연구 과정만 기술하고 정녕 연구문제의 해답인 결론을 쓰지 않은 논문도 있다. 이것은 무엇보다도 가설의 지지 여부가 결론이라고 오해하기 때문이다. 연구 과정이나 가설의 지지 여부는 풀이 과정이지 결론이 아니다. 결론을 쓰지 않음은 수학문제를 애써서 풀고는, 답안지에 풀이과정만 약술하고 답을 적지 않음과 같다.

(2) 연구 과정을 장황하게 기술함

결론에서 이러저러한 문제를 풀려고 연구를 시작하여 어떤 기존 연구들을 검토하였는데 그것들의 장단점은 무엇이고, 무슨 이론으로 가설을 세웠으며, 어떻게 표본을 선정하고 척도를 구성하였으며, 어떤 통계기법을 사용하였고, 어떤 가설은 얼마의 유의수준에서 기각되고 어떤 가설은 지지되었다고 장황하게 늘어놓는 논문도 있다. 이미 한 말이니 간결하게 기술함이 좋다.

(3) 함의含意(속 뜻) 대신에 자기 논문의 장점을 자랑함

함의를 논문의 의의로 알고 논문의 장점만을 적어놓는 경우도 많다. 함의는 논문의 장점이 아니다.

(4) 함의로 결론과 무관한 이야기를 제시함

예컨대, 실천적 함의로 "둘째 자녀 출산을 늘리기 위해서 개인과 사회가 다 함께 노력할 필요가 있다"와 같이 자기 연구 결과와 무관한 '말씀'을 적어 놓은 논문도 있다. 이것은 "착하게 살아야 한다", "인류의 평화에 기여하자"는 주장처럼 연구를 하지 않고도 할 수 있는 이야기이다.

(5) 실천적 함의와 정책적 함의의 구분

흔히 사회복지학 논문에서는 함의를 정책적 함의와 실천적 함의로 나누어 쓰기도 한다. 이것은 정책과 정책의 실행을 '정책(거시 실천)'과 '실천(미시 실천)'으로 부르기 때문일 것이다. 그런데 정책도 이론이 아니라 실천이다. 실천을 '정책'과 '실천'으로 나눔이란 실천을 실천과 실천으로 나눔과 같다.

소소한 그러나 중요한 것들

1. 끌어다 씀(끌씀, 인용引用)의 밝힘

끌어다 썼음을 밝히는 목적은 나의 글과 남의 글을 구분하려 함이다. 끌씀을 밝힘은 남 글의 빌림이요, 밝히지 않음은 훔침이다.

인용 방법과 참고문헌 작성법은 학문 분야와 학문 마을마다 다르다. 주로 미국의 인문사회과학 분야에서 사용하는 방식들만도 세 가지이다. 어떤 것을 따르더라도 상관은 없다. 다만 하나를 선택하여 일관성을 유지하면 된다. 특별한 이유가 없는 한, 자기의 학문 분야에서 통용되는 방식을 따르면 무난하다. 대개 각 분야의 대표 학술지의 뒤쪽에는 인용요령이 상세하게 소개되어 있다.

끌씀에는 직접과 간접이 있다. 직접 끌씀은 말까지 그대로 갖다 쓰는 것이고, 간접 끌씀은 내용만 빌려 오고, 표현은 자기의 문맥에 맞게 바꾸어 쓰는 것이다.

남이 인용한 것을 그대로 인용하는 재인용은 하지 않는 것이 좋다. 원 자료가 소실되거나 볼 수 없는 경우에는 어쩔 수 없을 것이다. 재인용을 직접 인용으로 표시하는 것도 훔침이다. 남이 인용한 원문을 직접 확인하고 인용하면 재인용이 아니다.

2. 외래어 삼가

영어를 써야 할 특별한 이유가 없는데도 영어 단어를 섞어 쓰거나 심지어 자기만 아는 약자(예, APR)를 자랑스럽게 으스대며 쓰는 경우도 적지 않다. 이렇게 섞어 쓰면 한국 사람도, 영국 사람도 읽을 수가 없다. 사람 이름처럼 외래어를 쓸 수밖에 없을 때는 써야 하지만 그 외에는 삼가야 한다. 우리말로 논문을 쓸 때는, 먼저 순수 우리말, 다음으로 우리말이 된 한자어, 그 다음으로 외래어를 사용하는 것이 좋다. 외래어를 우리 말로 번역하여 쓰면 우리의 말과 글이 더욱 풍성해진다.

3. 문장을 간결하게 써야 함

논문의 글이 어렵고 길수록 남이 무언가 대단한 연구를 하였다고 여기리라고 믿는 연구자도 있다.

논문도 소통 수단이다. 될 수 있는 한, 쉽게 써야 한다. 물론 어려운 내용을 천박하게 바꾸라는 뜻은 아니다. 내용이 어렵더라도 글이 쉽게 쓰여 있으면 전문가는 이해한다. 그러나 글이 꼬여서 어려우면 아무도 읽을 수가 없다. 글 자체는 쉬울수록 좋다.

글은 간결하게 써야 한다. 논문을 쓰고 읽는 것이 심심풀이가 아니라면, 간결해야 소통의 시간도, 종이와 전기도 절약할 수 있다. 특히 내용의 반복을 줄여야 한다. 이 점에서는 "즉"이나 "다시 말해서"란 표현도 삼감이 좋다. '것이다'와 같이 필요하지 않는 말을 함부로 써서도 안 된다.

4. 같은 말의 반복을 삼가야 함

같은 단어나 글자를 가까운 곳에서 반복하면 글이 지루하다. 예컨대, "과학이 발전하고, 도시가 확대되고, 교통이 편리해지고, 인간 수명이 길어진다"는 문장에서는 '고'가 반복된다. 가운데 것 하나를 '며'로만 바꾸어도 조금 낫다. "위의 방법들을 따라서 자기 논리를 펼쳐가는 과정에서 ---"에서는 '서'가 겹친다. '따라서'를 '따라'로 고치면 어떨까? 동일한 접속사로 시작하는 문단이나 문장이 연속되어도 어색해진다. 물론 용어나 표현이 반복되어도 마찬가지다.

5. 접속사도 적게 사용해야 함

가능하면 '그리고', '그러나', '그러므로' 따위의 접속사를 적게 사용함이 좋다. 앞서 이야기하였듯이 '원숭이 엉덩이는 빨개. 빨간 것은 사과. 사과는 맛있어…'와 같이 문맥이 자연스럽게 흘러가면 접속사가 많이 필요하지 않다.

6. 교열의 중요성

자기 글에 열중하다 보면 어색한 문맥, 반복되는 어구, 오타 따위를 스스로 걸러내기가 쉽지 않다. 따라서 논문이 어느 정도 완성되면 주변의 동료들에게 교열을 부탁하면서 수정해나가야 한다. 이렇게 수정을 거듭해도 나중에 논문이 완성되어 나오면 어처구니없는 실수들이 발견되기도 한다.

5대목 통일론을 마치며

남의 제사상에 '감 놔라, 대추 놔라' 해서는 안 된다. 제사 상차림은 고을마다 집집마다 다르다. 내 것이 옳고 남의 것은 그르다고 말할 수는 없다. 논문의 길도 마찬가지다. 내가 아무리 좋다고 여기는 논문의 길이라도 언제 어디서나 좋을 리가 없다. 길이 바른 길이라도 참길은 아니다(道可道 非常道)(노자老子, 『도덕경道德經』1장; 박승희, 2017).

그렇지만 남이 가는 좋은 길을 보고 나의 길을 둘러보면 더 좋은 길을 찾을 수 있다. 자기 논문 길을 찾으려는 사람들에게 여기서 제시한 논문의 길이 도움이 되기를 바란다.

마지막으로 소원 하나를 밝힌다. 아무리 좋은 길도 오래가면 지루하다. 글을 쓰고 읽기도 마찬가지다. 길꾼이 해찰을 피우면서 가듯, 연구자도 멋진 농담을 좀 섞어서 쓰면 참 좋겠다. 그래야 읽는 이도 웃어가며 읽지 않을까?

2부

5대목 통일론의
응용

이제까지 설명한 설문지 가설 검사 논문 작성법을 응용하면, 쉽게 쓸 수 있는 다른 유형의 논문들이 있다. 이런 논문들의 작성법을 간단하게나마 기술해보자.

1장

실험 가설 검사 논문

이것은 설문지를 분석한 결과가 아니라 실험 결과로 가설을 검사는 논문이다.

1. 기본 틀

기본 틀은 설문지 가설 검사 논문과 같이, 제목, 서론, 이론 검토, 자료 수집 및 분석 방법, 가설 검사, 결론으로 이루어진다. 5대목 통일론도 그대로 적용하는 것이 좋다.

2. 각 장의 할 일들

1) 제목과 서론

제목과 서론은 설문지 가설 검사 논문과 비슷하다.

2) 이론 검토

이론 검토도 가설을 수립한다는 점에서는 설문지 가설 검사 논문과 다르지 않다. 가설 수립의 방법이 조금 다를 뿐이다.

그렇다면 가설은 어떻게 수립하는가? 여기서는 가설이 연구자의 인위적 조치인 독립변수가 종속변수를 변화시킨다는 형식으로 이루진다. 예컨대 어떤 교육 안(프로그램)이 우울증을 줄여 준다가 가설이 된다. 그 교육 안(프로그램)이 이미 개발되어 있다면 그교육 안의 원리를 소개하여야 한다. 새로운 교육 안을 개발하였다면, 기존의 안들을 비판하고 개선하면서 새로운 안의 원리를 제시하여야 한다. 그런 다음 그 원리들 때문에 그 교육 안이 종속변수에 왜 영향을 미치는가를 논증하여야 한다. 이를 바탕으로 가설을 수립한다.

흔히 실험 논문에서 이론 검토를 한다면서, 실제로 실험한 내용을 상세히 적어 놓기도 한다. 실험을 실제로 어떻게 하였는가는 이론이 아니라 경험 영역에 속한다. 이것은 실제로 했던 설문지 조사 과정을 이론 검토에서 소개하는 것과 같다.

3) 자료 조사 및 분석 방법

여기서는 실행한 실험설계(사회조사 방법론 교재들 참조)와 실험의 과정과 내용을 밝혀야 한다. 누가 누구를 대상으로 언제 어디서 어떻게 왜 실험을 하였고, 실험의 효과를 알아내려고 어떻게 조사하고 분석하였는가 따위를 밝혀야 한다.

4) 가설 검사(분석 결과)

이것도 설문지 가설 검사 논문과 같다. 목차는 가설을 중심으로 편성해야 한다.

그런데 실험은 대개 많은 사람들을 대상으로 삼아서 실행하기가 어려우므로, 설문지 조사보다는 표본이 적을 수밖에 없다. 표본이 적으면 p값이 크게 나오는 경향이 있다. 유의수준(α)을 0.05 이하로 잡으면 가설이 기각되기 쉬우므로, 유의수준을 높여 잡기도 한다. 그래서 이런 양적 조사의 한계를 질적 조사로 보완하기도 한다. 이럴 때 흔히 양적 조사와 질적 조사로 나누어서 가설 검사의 목차를 구성하기도 하는데, 이것은 매우 어색하다(표 2-1). 왜냐하면 가설이 아니라 자료 조사 및 분석 방법(양적, 질적 조사)이 주인 노릇을 하기 때문이다. 가설을 중심으로 목차를 구성함이 좋다(표 2-2).

[표 2-1] 자료 조사 및 분석 방법 중심 목차 사례

---

1. 양적 분석
   1) 가설1   2) 가설2   3) 가설3
2. 질적 분석
   1) 가설1   2) 가설2   3) 가설3

[표 2-2] 가설 중심 목차 사례

---

1. 가설1
   양적 분석, 질적 분석
2. 가설2
   양적 분석, 질적 분석
3. 가설3
   양적 분석, 질적 분석

---

5) 결론

결론도 설문지 가설 검사 논문과 유사하다.

3. 흔한 실수

조사 방법에서 통제집단과 실험집단의 동질성을 검토할 때, 가설 검사의 통계 해석 절차를 그대로 사용하는 경우가 있다. 이런 논문에서는 p가 유의수준(α=0.05)을 벗어나 *표가 찍히지 않았으므로 실험집단과 통제집단이 동일하다고 주장한다.

예컨대 실험집단과 통제집단의 소득이 동등함을 검증하고자 할 때, p=0.2라고 하자. p가 유의수준(α=0.05)을 벗어나므로 두 집단의 소득이 같다고 단정하기도 한다. 이것이 가설 검사의 경우라면 '두 집단의 소득이 차이 나지 않는다'는 영가설은 당연히 부정되지 못한다. 영가설이 참일 가능성, 두 집단의 소득이 같을 가능성이 20%나 되므로 소득이 차이가 없다고 확신할 수 없기 때문이다. 그렇다면 실험집단과 통제집단의 소득이 같다고 말할 수 있는가? 그럴 수는 없다. 소득이 같을 가능성이 20%밖에 되지 않고 오히려 차이가 날 가능성이 80%나 되는데 어떻게 같다고 말할 수 있겠는가? 이것은 가설이 기각되었다고 반대 가설이 참이 아닌 것과 똑같다.

실험집단과 통제집단의 동질성을 검증하면서 가설 검사의 통계 해석 절차를 그대로 따라서는 안 된다.

2장

대책 가설 검사 논문

앞에서 대책은 가설 논문으로 성립되기 어렵다는 점을 지적하였다. 대책은 미래의 일이므로 경험 조사가 불가능하기 때문이다. 경험 자료가 없는데 가설의 기각 여부를 어떻게 판정할 수 있겠는가?

그렇지만 믿을 만한 가상假像의 자료를 만들어낼 수 있다면, 가설을 검사하는 효과를 얻을 수 있다. 이에 관한 좋은 사례가 김미곤(2011)의 『공공부조의 한계와 대안』이란 연구이다.

1. 기본 틀

이런 논문의 기본 틀도 설문지 가설 논문과 크게 다르지 않다.

2. 각 장의 할 일들

1) 제목과 서론

제목과 서론은 설문지 가설 검사 논문과 비슷하다.

2) 이론 검토

이론 검토도 가설을 수립한다는 점에서는 설문지 가설 논문과 다르지 않다.

여기서는 연구자가 내세우는 대책이 기존의 대책보다 좋다는 것이 가설의 내용을 이룬다. 따라서 기존의 대책들을 일정한 기준에 따라 비판하면서 대안을 세우고, 그 대안이 기존의 대책들보다 바람직하다는 내용으로 가설을 구성한다.

김미곤(2011)의 『공공부조의 한계와 대안』 논문의 이론 검토를 예를 들어보자. 여기서는 기존 공공부조의 목표와 한계를 지적하고, 그 한계를 보완할 수 있는 노동장려형 공공부조제도를 고안하여 제시한다. 이를 바탕으로 다음과 같은 가설을 수립한다.

첫째, 노동장려형 공공부조제도가 기존의 공공부조제도보다 더 큰 근로유인효과를 가진다.

둘째, 노동장려형 공공부조제도가 기존의 공공부조제도보다

빈곤 문제를 더 잘 개선한다.[22]

3) 자료 조사 및 분석 방법

여기서는 대책에 관한 가상 자료를 어떻게 조작(simulation)하였는가를 잘 설명해야 하다.

예컨대 김미곤의 연구에서는 먼저 기존의 공공부조에 관한 자료를 소개한 다음, 이 자료를 노동장려형 공공부조제도에 맞추어 변형하는 방식을 설명한다. 마지막으로 기존의 공공부부제도 자료와 노동장려형 공공부조 자료를 비교하는 방법을 제시한다.

4) 가설 검사(분석 결과)와 결론

설문지 가설 검사 논문과 같다.

---

22) 실제 논문에서는 어느 제도가 근로 유인과 빈곤 개선에 우월한가라는 분석 과제를 설정하고 있다. 그러나 가설로 제시하더라도 큰 문제가 없다.

3장

비교 논문

현실의 특정 제도나 체제와 같은 것들을 비교하는 논문이 있다. 이런 논문도 보편 법칙을 탐구하는 것이 아니므로 가설 논문이 될 수는 없다. 예컨대 한국과 스웨덴의 의료보장제도를 비교하는 논문의 목적은 모든 의료보장제도에 관한 보편적 진리를 탐구하는 것이 아니다. 그저 특정한 두 나라의 의료보장제도를 비교할 뿐이다. 그러므로 보편적 진리를 찾아내려고, 이론을 동원하여 가설을 세우고 경험으로 검사하는 것과는 거리가 멀다.

그렇지만 설문지 가설 논문의 형식을 빌려오면 비교 논문을 짜임새 있게 작성하는 데 도움을 받을 수 있다.

1. 기본 틀

이런 논문의 기본 틀도 설문지 가설 논문과 비슷하게 짤 수 있다.

설문지 가설 검사 논문이 제목, 서론, 이론 검토, 자료 수집 및 분석 방법, 가설 검사, 결론으로 구성되는데, 비교 논문에서는 가설 검사가 비교 분석으로 바뀔 뿐이다. 그러므로 비교 논문은 제목, 서론, 이론 검토, 자료 수집 및 분석 방법, 비교 분석, 결론으로 이루어진다(표 2-3).

[표 2-3] 비교 논문과 설문지 가설 논문의 구성 비교

설문지 가설 논문	제목	서론	이론 검토	자료 수집, 분석 방법	가설 검사	결론
비교 논문	제목	서론	이론 검토	자료 수집, 분석 방법	**비교 분석**	결론

설문지 가설 검사 논문에서 통일되어야 할 다섯 대목은 제목, 서론의 연구문제, 이론 검토의 결론인 가설, 가설을 검사하는 4장의 목차, 결론이다. 비교 논문에서는 이론 검토의 가설이 비교 항목項目으로 바뀌고, 4장의 목차가 가설이 아니라 비교 항목에 따라 편성된다. 따라서 비교 논문에서 통일되어야 할 다섯 대목은 제목, 서론의 연구문제, 이론 검토의 결론인 비교 항목項目, 비교

분석(4장)의 목차, 결론이다(표 2-4).

[표 2-4] 비교 논문과 설문지 가설 논문의 통일 대목 비교

설문지 가설 논문	제목	연구문제	가설	가설 검사의 목차	결론
비교 논문	제목	연구문제	**비교 항목**	**비교 분석의 목차**	결론

2. 각 장의 할 일들

1) 제목과 서론

제목과 서론은 설문지 가설 검사 논문과 비슷하다.

2) 이론 검토

비교하려면 무엇을 비교할 것인가를 먼저 정해야 한다. 『채근
담菜根譚』에는 이런 말이 있다.

"열사는 나라까지 양보하고 욕심쟁이는 일 원까지 다툰다.

인품은 별과 웅덩이처럼 차이 나나, 명예를 좋아함이 이익을 좋아함과 다르지 않다.

임금은 나라를 경영하고 거지는 밥을 달라 애걸한다.

신분은 하늘과 땅처럼 차이 나나 초조한 생각이 초조한 목소리와 무엇이 다를까?

烈士讓千乘 貪夫爭一文 人品星淵也 而好名不殊好利

天子營家國 乞人號饔飧 位分霄壤也 而焦思何異焦聲"

열사와 욕심쟁이를 인품으로 보면 열사는 별처럼 청명하고 탐욕인은 물 고인 웅덩이처럼 더럽다. 그러나 열사는 명예를 좋아하고, 탐욕인은 이익을 좋아하므로, 뭔가 좋아함으로 보면 같다. 인품과 뭔가 좋아함은 열사와 욕심쟁이를 비교하는 항목이다. 임금과 거지를 신분으로 보면 임금은 하늘처럼 높고 거지는 땅처럼 낮다. 그러나 임금은 생각이 초조하고, 거지는 목소리가 초조하므로, 뭔가 초조함으로 보면 같다. 신분과 뭔가 초조함은 임금과 거지를 비교하는 항목이다. 이런 비교 항목이 없으면 결코 비교할 수 없다.

이 비교 항목은 수없이 많다. 심지어 열사와 탐욕인, 임금과 거지를 키나 머리카락의 색깔로도 비교할 수 있다. 그래서 모든 것을 다 비교할 수는 없다. 오직 일부의 의미 있는 항목을 선택하여 비교할 수 있을 뿐이다. 이 비교 항목은 결코 '객관적으로' 선정될 수 없다. 연구자의 가치관과 관심이 방영된 이론 따위에 따라 결정될 수밖에 없다. 같은 숲길을 가도 똥개 눈에는 똥이, 시인의 눈에는 꽃이 보인다. 이 길과 저 길을 비교할 때 똥개는 똥으로, 시인은 꽃으로 비교 항목을 삼는다. 사회과학 논문에서는 연구자에 따라서 비교 항목이 달라진다.

그러나 타당하게 선정되지 않으면 남의 동의를 받을 수 없으므로, 설득력 있는 이론적 논의를 거쳐서 정함이 좋다. 예컨대 스웨덴과 한국의 의료보장제도를 비교한다고 할 때 비교 항목을 무엇으로 잡아야 하는가? 지금까지 학계에서는 의료보장에서 무엇이 긴요한가를 수없이 논의하여 왔다. 그래서 연구자마다 그 항목이 조금씩은 다르겠지만, 연구자가 터무니없는 항목을 제시할 수는 없다. 예를 들면 얼마나 많은 사람들에게 어떤 병들을 어느 정도 국가가 부담하여 치료해주고, 그 재원은 어떻게 조달하여 관리하며, 치료비를 어떻게 지급하는가와 같은 문제들이 중요한 비교 항목이 될 수 있다. 이런 것들은 이론 검토의 결과에 따라서 정할 수밖에 없다[23].

이 항목을 활용하여 비교의 질문이 정해진다. 예를 들면 비교 질문은 "스웨덴과 한국에서는 치료비를 개인이 각각 어느 정도 부담하는가?"이다.

비교 질문이 가설 검사 논문의 가설처럼 이론 검토의 결론이

---

23) 물론 정답은 없다.

다. 이 질문에 답하기가 분석의 과제이다. 비교 질문들은 가설처럼 결론의 줄거리를 구성하는 기반이 된다. 그러므로 비교 항목들은 결론의 줄거리를 예견하면서 정하는 것이 좋다.

3) 자료 조사 및 분석 방법

비교 검사 논문에서는 비교 질문의 답 구하기(분석 과제)가 경험 조사 분석의 목적이다. 그러므로 비교 질문의 답을 찾는 데 가장 적합한 자료 조사 및 분석 방법을 활용해야 한다.

특히 비교 질문에 따라서 양적 조사냐 질직 조사가 결정된다. 한 논문에서 질적 조사와 양적 조사가 다 필요할 수 있다. 심지어 한 비교 질문에 답하는 데도 양과 질의 자료를 모두 동원할 수 있다. 예컨대 "스웨덴과 한국에서는 치료비를 개인이 각각 어느 정도 부담하는가?"라는 비교 질문에 답하려면 부담 액수나 비율과 함께 그 부담 정도에 관한 환자들의 이야기도 활용할 수 있다.

4) 비교 분석

설문지 가설 논문에서는 가설의 검사가 분석의 과제이고, 비교 논문에서 비교 질문에 답하기 분석의 과제이다. 그러므로 설문지 가설 검사 논문에서 가설처럼, 비교 논문에서는 비교 질문을 따라서 비교 분석의 목차가 구성되어야 좋다.

5) 결론

설문지 가설 검사 논문과 비슷하다.

4장

평가 논문

현실의 특정 제도 따위를 평가하는 논문이 있다. 평가의 대상이 하나일 수도, 여러 개일 수도 있다. 이런 논문도 보편적 진리를 찾는 것이 아니므로 가설을 세워서 검사할 수는 없다. 그러나 이 논문을 쓸 때도 비교 논문처럼 설문지 가설 논문의 형식을 이용하면 편리하다.

1. 기본 틀

평가 논문의 틀도 설문지 가설 검사 논문과 유사하다. 가설 검사가 평가 분석으로 바뀔 뿐이다(표 2-5).

[표 2-5] 평가 논문과 설문지 가설 논문의 구성 비교

설문지 가설 논문	제목	서론	이론 검토	자료 수집, 분석 방법	가설 검사	결론
평가 논문	제목	서론	이론 검토	자료 수집, 분석 방법	**평가 분석**	결론

평가 논문에서 통일되어야 할 다섯 대목도 설문지 검사 논문과 유사하다. 이론 검토의 가설이 평가 항목項目(평가 질문)으로 바뀌고, 4장의 목차가 가설이 아니라 평가 항목에 따라 편성된다(표 2-6).

[표 2-6] 평가 논문과 설문지 가설 논문의 통일 대목 비교

설문지 가설 논문	제목	연구문제	가설	가설 검사의 목차	결론
평가 논문	제목	연구문제	**평가 항목**	**평가 분석의 목차**	결론

2. 각 장의 할 일들

1) 제목과 서론

제목과 서론은 설문지 가설 검사 논문과 비슷하다.

2) 이론 검토

비교하려면 비교 항목이 필요하듯이 평가하려면 평가 항목이 필요하다.

여기서도 이것들은 연구자의 가치관과 관심이 반영되어 결정된다.

평가 항목은 비교 논문의 비교 항목처럼 이론을 검토하여 확정함이 좋다.

평가 항목을 중심으로 평가 질문을 제시한다. 예를 들어 한국의 실업급여 제도를 평가할 때 급여의 기존 소득 대체율을 항목의 하나로 정했다면, '실업급여의 기존 소득 대체율은 얼마인가'가 평가 질문이 된다. 이 평가 질문에 답하기가 분석 과제이다. 평가 질문들은 가설처럼 결론의 줄거리를 결정하므로, 결론을 미리 가늠하면서 평가의 항목들을 정함이 좋다.

3) 자료 조사 및 분석 방법

설문지 가설 검사 논문에서 가설의 검사처럼, 평가 논문에서는 평가 질문에 답하기가 경험 조사 분석의 목표이다. 그러므로 평가 질문에 답하기에 가장 적합한 자료 조사 및 분석 방법을 활용해야 한다.

여기서도 비교 논문처럼 양과 질의 자료를 다 동원할 수 있다.

4) 평가 분석

설문지 가설 논문에서는 가설의 검사가 분석의 과제이고, 평가 논문에서는 평가 질문에 답하기가 분석의 과제이다. 그러므로 설문지 가설 검사 논문에서 가설처럼, 평가 논문에서는 평가 질문에 따라서 목차를 구성해야 한다.

5) 결론

설문지 가설 검사 논문과 비슷하다.

3. 흔한 실수

평가 항목을 제시하지 않고 평가하는 논문도 있다.

흔히 사람들은 평가 항목에는 관심을 두지 않고, 좋다 나쁘다와 같은 평가 결과에만 관심을 쏟는다. 예컨대 대학 평가 결과가 발표되면, 등수가 평가 항목에 따라 바뀌는데도, 사람들은 등수만을 보고 평가 항목이 무엇인가는 따지지 않는다. 이것은 토론의 마당에서도 마찬가지다. 토론자들은 평가 항목을 제시하지 않은 채, 생각나는 대로 어떤 점이 좋고 어떤 점이 문제가 있다고 주섬주섬 이야기한다. 이곳에서는 토론자가 어떤 가치관(철학)을 가지고 평가 항목을 정했는가와 그 항목에 따라 얼마나 평가를 엄정하게 하였는가가 뒤섞여서 토론자와 관객이 토론의 맥락을 간추려 알기가 어렵다.

그런데 논문에서도 평가 항목을 밝히지 않은 채 사회제도나 정책 따위의 장단점을 나열하기도 한다. 이런 논문은 읽기도, 비판하기도 어렵다. 평가 항목과 평가 결과가 분리되지 않기 때문이다. 따라서 진솔하고 신중한 연구자라면 평가 항목을 분명하게 제시하고, 그 항목을 따라서 평가하여야 한다. 그래야 남들이 연구자가 동원한 이론과 가치관이 타당한지와, 평가 절차가 엄정하게 이루어졌는지를 나누어서 비판할 수 있다.

5장

실태 파악 논문

특정 집단이나 제도 따위의 실태를 밝혀내는 논문도 있다. 예컨대 농촌 노인의 실태를 파악하는 논문을 쓸 수 있다. 이런 논문도 보편적 진리를 찾는 것이 아니므로 가설 검사 논문과는 다르다.

그러나 설문지 가설 논문의 형식을 활용하면 이런 논문을 더 쉽게 쓸 수 있다.

1. 기본 틀

이런 논문의 기본 틀도 설문지 가설 논문과 비슷하게 짤 수 있다.

실태 파악 논문의 구성도 설문지 가설 검사 논문과 유사하다. 가설 검사가 실태 분석으로 바뀔 뿐이다(표 2-7).

[표 2-7] 실태 파악 논문과 설문지 가설 논문의 구성 비교

설문지 가설 논문	제목	서론	이론 검토	자료 수집, 분석 방법	가설 검사	결론
실태 파악 논문	제목	서론	이론 검토	자료 수집, 분석 방법	**실태 분석**	결론

실태 논문에서 통일되어야 할 다섯 대목도 설문지 검사 논문과 비슷하다. 이론 검토의 가설이 실태 항목項目(실태 질문)으로 바뀌고, 4장의 목차가 가설이 아니라 실태 질문에 따라 편성된다(표 2-8).

[표 2-8] 실태 파악 논문과 설문지 가설 논문의 통일 대목 비교

설문지 가설 논문	제목	연구문제	가설	가설 검사의 목차	결론
실태 파악 논문	제목	연구문제	**실태 질문**	**실태 분석의 목차**	결론

2. 각 장의 할 일들

1) 제목과 서론

제목과 서론은 설문지 가설 검사 논문과 비슷하다.

2) 이론 검토

실태는 무엇을 보느냐에 따라 매우 다양하다. 같은 풍광도 보는 사람에 따라 다르다. 부동산 업자는 얼마나 돈이 되는가를, 생물학자는 어떤 동식물이 어떻게 살고 있는가를 중심으로 볼 것이다. 따라서 실태의 측면들, 곧 실태 항목들이 헤아릴 수 없이 많다. 이 많은 것들을 한꺼번에 다 들여다볼 수는 없다. 그 일부의 항목들만 뽑아서 보아야 한다. 마치 모집단을 다 볼 수 없으므로 가설 검사에 적합한 표본을 뽑아서 조사하는 것과 같다.

살펴보아야 할 실태 항목들도 연구자의 가치관과 관심이 반영되어 결정된다. 이것도 이론을 검토하여 확정함이 좋다.

실태 항목을 기준으로 삼아 실태 질문을 제시해야 한다. 이 실태 질문에 답하기가 분석의 과제이다. 실태 항목들은 가설처럼 결론의 줄거리를 잡아주므로, 결론을 미리 생각하면서 결정하여야 한다.

3) 자료 조사 및 분석 방법

실태 질문에 답하기에 가장 적합한 자료 조사 및 분석 방법을 활용해야 한다. 설문지로 자료를 수집하고자 할 때는 실태 질문에 따라서 설문지가 작성되어야 한다. 이것은 설문지 가설 검사 논문에서 가설에 따라 설문지가 구성되어야 하는 것과 같다.

실태의 질문에는 수치나 말 따위로 답해야 하므로, 실태 질문에 따라 양이나 질의 자료를 동원해야 한다.

4) 실태 분석

설문지 가설 논문에서는 가설의 검사가, 실태 논문에서는 실태 질문에 답하기가 분석의 과제이다. 그러므로 설문지 가설 검사 논문에서 가설처럼 실태 논문에서는 실태 질문을 따라서 목차를 편성해야 한다.

5) 결론

설문지 가설 검사 논문과 비슷하다.

6장

내용(text) 분석 논문

책이나 영화, 신문의 기사, 일기나 편지 묶음의 내용을 간명하게 정리하는 논문도 있다. 예컨대 81편의 시로 이루어진 노자老子의 『도덕경道德經』의 주요 내용을 분석하는 것도 논문이 된다. 이런 논문도 보편적 진리를 찾는 것이 아니므로 가설 검사 논문의 형식을 그대로 따라서 쓸 수는 없다.

그러나 설문지 가설 논문의 형식을 활용하면 편리하다.

1. 기본 틀

내용 분석의 논문 틀도 설문지 가설 논문과 비슷하게 짤 수 있다. 설문지 가설 논문의 자료 수집 및 분석 방법을 분석 대상과 분석 방법으로, 가설 검사를 내용 분석으로 바꾸고 나머지는 그대로 활용하면 된다(표 2-9).

[표 2-9] 내용 분석 논문과 설문지 가설 논문의 구성 비교

설문지 가설 논문	제목	서론	이론 검토	자료 수집, 분석 방법	가설 검사	결론
내용 분석 논문	제목	서론	이론 검토	**분석 대상, 분석 방법**	**내용 분석**	결론

내용 분석 논문에서 통일되어야 할 다섯 대목도 설문지 검사 논문과 비슷하다. 이론 검토의 가설이 내용 분석의 항목項目(내용 분석 질문)으로 바뀌고, 4장의 목차가 가설이 아니라 내용 분석 질문에 따라 편성된다(표 2-10).

[표 2-10] 내용 분석 논문과 설문지 가설 논문의 통일 대목 비교

설문지 가설 논문	제목	연구문제	가설	가설 검사의 목차	결론
내용 분석 논문	제목	연구문제	**내용 분석 질문**	**내용 분석의 목차**	결론

2. 각 장의 할 일들

1) 제목과 서론

제목과 서론은 설문지 가설 검사 논문과 비슷하다.

2) 이론 검토

내용 분석에서도 무엇을 내용 분석의 항목으로 삼을 것인가가 중요하다. 이 항목도 관점에 따라 달라지므로, 그 항목의 수가 바닷가의 모래알보다도 많다. 그 중에서 연구자가 중요하다고 생각하는 것을 선별할 수밖에 없다. 이것도 이론을 검토하여 확정함이 좋다.

내용 분석 항목들을 기준으로 삼아 내용 분석의 질문을 제시해야 한다. 이 내용 분석의 질문에 답하기가 분석의 과제이다. 내용 분석의 질문이 결론의 줄거리를 규정하므로, 내용 분석의 항목들은 결론의 줄거리를 예견하면서 정하는 것이 좋다.

3) 분석 대상 제시와 분석 방법

내용 분석 논문에서 분석의 대상이 정해져 있기 마련이므로, 자료가 이미 수집되어 있는 셈이다. 자료 수집 방법은 논의할 필요가 없다. 다만 분석의 대상을 명확하게 밝혀주면 된다. 예컨대 노자老子의 『도덕경道德經』의 판본은 여러 가지이고 각 판본마다 내용이 조금씩 다르므로, 어떤 판본을 왜 분석의 대상으로 삼는가를 밝혀주어야 한다.

그리고 분석의 대상을 어떻게 분석할 것인가, 곧 분석 방법을 제시하여야 한다. 특정한 단어들을 세는 유치幼稚한 양적 분석을 할 것인지, 질적 분석을 할 것인지 따위를 밝혀야 한다.

그런데 자료가 미리 정해져 있으므로 여기에 쓸 말이 적을 수도 있다. 이럴 때는 서론이나 내용 분석의 앞머리에서 분석 대상과 방법을 언급하여도 된다.

4) 내용 분석

내용 분석은 내용 분석의 질문에 답하는 것이므로, 목차는 이론 검토에서 정한 내용 분석 항목들을 따라서 편성하여야 한다.

5) 결론

설문지 가설 검사 논문과 비슷하다.

7장

이론 틀에 따라 질적 자료를
분석하는 논문

질적 논문도 여러 가지가 있다. 이론 틀에 따라서 어떤 제도나 사람의 심리 상태나 운동 기제(mechanism)를 질적 자료를 분석하여 이해하는 것도 있고, 근거 기반 이론 구성법(grounded theory)처럼 질적 자료를 분류하여 개념들을 만들고 조합하여 새로운 이론(가설)을 지어가는 것도 있다. 그런가 하면 어떤 경험적 사건의 내부에 작동하는 기제나 구조를 역행추론의 방식으로 찾아내서 보편 이론을 구성하는 것도 있다(베르트 다네마르크 외, 이기홍 역, 2004).

그런데 이런 여러 논문 가운데서 일정한 이론 틀에 따라 대상의 상태나 운동 기제를 질적 자료를 활용하여 파악하는 논문('이론 선행 질적 논문'으로 줄임)이 가설 검사 논문 형식을 응용하기가 좋다. 뿐만 아니라 쓰기도 쉽다. 이것의 사례로는 농촌 유학생 사례

연구(김은경, 2018)가 있다. 이런 논문의 작성법도 간략하게 논의해
보자.

1. 기본 틀

이 논문의 기본 틀도 설문지 가설 논문과 비슷하게 짤 수 있다.
설문지 가설 논문의 가설 검사를 질적 자료 분석으로만 바꾸고
나머지는 그대로 활용하면 된다(표 2-11).

[표 2-11] 이론 선행 질적 논문과 설문지 가설 논문의 구성 비교

설문지 가설 논문	제목	서론	이론 검토	자료 수집, 분석 방법	가설 검사	결론
이론 선행 질적 논문	제목	서론	이론 검토	자료 수집, 분석 방법	**질적 자료의 분석**	결론

질적 자료 분석 논문에서 통일되어야 할 다섯 대목도 설문지
검사 논문과 비슷하다. 이론 검토의 가설이 질적 자료 분석의 항
목項目(질적 자료 분석 질문)으로 바뀌고, 4장의 목차가 가설이 아니
라 질적 자료 분석 질문에 따라 편성된다(표 2-12).

[표 2-12] 이론 선행 질적 논문과 설문지 가설 논문의 통일 대목 비교

설문지 가설 논문	제목	연구문제	가설	가설 검사의 목차	결론
이론 선행 질적 논문	제목	연구문제	**질적 자료 분석 질문**	**질적 자료 분석의 목차**	결론

2. 각 장의 할 일들

1) 제목과 서론

제목과 서론은 설문지 가설 검사 논문과 비슷하다.

2) 이론 검토

이론 선행 질적 논문에서는 분석을 안내할 개념들로 짜여진 분석 질문이 필요하다.

흔히 개념과 분석 질문이 없어도 면접 따위로 질적 자료를 수집하고 분석할 수 있다고 생각한다. 실제로 그것이 가능한가? 개나리와 노랑의 개념, 그리고 '모든 개나리가 노란가?'라는 질문이 없어도 모든 개나리가 노란지를 경험으로 확인할 수 있는가? 가

능하지 않다. 물론 개념이 없이도 그 꽃을 볼 수 없는 것은 아니다. 거울은 아무런 개념과 질문을 갖지 않지만, 그 꽃을 비춘다. 그러나 그 의미를, 거울에게 물어보지 않았지만, 알 수는 없다. 우리가 개념과 질문을 가지지 않으면, 아무렇게나 오감과 마음에 비치는 대로 경험할 뿐, 체계 있게 자료를 수집하여 분석하고 의미 있는 결론을 내리지 못한다.

질적 논문을 쓰는 연구자들이 흔히 이런 개념과 분석 질문을 분명하게 하지 않은 채, 현장에서 면접을 하고는 당황唐惶한다. 뻔한 이야기만 들어서 논문을 쓸 수가 없다고 생각하기 때문이다. 예를 들어보자. 농촌 유학생들의 변화 과정을 알아보려고 학생들을 만나서 이야기를 들어보면, 처음에 외로웠고 친구와 싸우다가 친해졌다와 같은 이야기를 주로 듣는다. 만약 이런 이야기들을 분석할 이론 개념이 없다면 어떻게 논문을 써야 할지가 막막하다. 그러다가 '자기관 타자관'과 같은 개념들을 동원하여(김은경, 2018) 분석 질문을 설정하면 쓸모가 없어 보였던 학생들의 진술이 의미를 가지고 살아난다. 이론 개념을 가지고 보면 그 뻔한 이야기가 결코 뻔하지 않게 된다. 개념을 가지고 보면 대상의 의미가 새롭게 태어난다. 그리고 다른 개념으로 보면 다른 의미가 솟아난다. 그래서 노자는 이름(개념어)을 가짐이 만물의 어머니라고(有名萬物之母) 노래했다.

이론 선행 질적 논문에서도 이론을 검토하여, 개념들로 이루어진 분석 질문을 먼저 설정하는 것이 바람직하다.

그러나 실제 연구에서는 오로지 이론만을 검토하여 분석 질문을 구성하기는 어렵다. 예컨대 농촌 유학생들의 심리적 변화 과정을 연구할 때 오로지 기존의 이론들과 자기 사유만으로 질문을 만들면, 그것이 유학생들의 현실 상황과는 동떨어질 수 있다. 이것은 가설을 오로지 이론 검토로만 설정하면, 그 가설이 현실과는 무관하여 검사를 못하게 되는 것과 같다. 그러므로 이론을 검토할 때는 현장을, 현장을 조사할 때는 이론을 늘 생각해야 한다. 이렇게 생각들을 오가게 하면서 분석 질문을 설정하여야 한다.

이 분석 질문에 답하기가 분석의 과제이다. 이 질문이 결론의 줄거리를 규정하므로, 이것들은 결론의 줄거리를 예견하면서 정함이 좋다. 재미있는 과학 이야기를 만들려면 분석을 안내하는 질문을 잘 해야 한다.

3) 분석 대상 제시와 분석 방법

여기서는 이미 확정된 질적 자료 분석 질문에 답하는 데 적합한 면접 관찰 문서 따위의 자료를 어떻게 모아야 할 것인가를 밝힌다.

그런데 흔히 분석 질문에 답하기에 필요한 자료를 얻으려고 정형화된 질문을 만들어서 면접하기도 한다. 이는 연구 과제를 달성하는 데 크게 도움이 되지 않는다. 예컨대 부부 사이의 권력 관계를 파악한다고 '선생님 댁에서는 누가 더 큰 권력을 가지고 있다고 생각하십니까?'라고 물으면 '집 사람이 더 셉니다'라고 답변할 것이다. 이것이 '매우 그렇다' 따위의 피상적인 답을 구하는 설문 조사와 무엇이 다를까? 부부 권력 관계의 생생한 모습을 드러내주지는 못한다. 그러므로 자유롭게 대화하면서도 '부부 권력 관계'를 생각의 머리에 두고 부부의 권력 관계의 실체를 담고 있는 사건들이나 그 뒷이야기를 알아내는 것이 중요하다. 예컨대 집을 사고 등기할 때 어떻게 다투었는지, 결국 어떻게 결정하였는지 따위의 이야기가 부부의 권력 관계를 알아내는 중요한 자료가 된다. 면접에서는 많은 정보를 담고 있는 이야기(에피소드)가 귀중하다. 좋은 이야기는 한 논문에서도 관점을 달리하여 다른 분석 질의들의 답을 내는 데 여러 번 사용할 수도 있다. 이것은 천 년 전에 죽은 사람의 뼈 한 조각을 이리저리 분석하여, 그 사람의 나이, 성별, 주로 먹은 음식, 질병, 사망 원인, 당시의 기후 따위를 밝히는 데 모두 활용할 수 있는 것과 같다.

그리고 분석의 대상을 어떻게 분석할 것인가를, 곧 분석 방법을 제시하여야 한다. 좋은 분석 가운데는 분석 질문을 따라서 면접 내용들을 분류한 다음, 그것들을 세밀하게 들여다보고 정리하여 분석 질문의 답에 합당한 이야기를 구성하는 것이 있다.

4) 내용 분석

내용 분석의 목차는 이론 검토에서 정한 분석 질문을 따라서 편성하여야 한다.

그런데 분석의 결과를 기술하면서 자기가 내린 분석 질의의 답을 앞에 제시하고 그것을 뒷받침할 만한 이야기 몇 개를 나열하여 인용하기만 하고 다음으로 넘어가는 논문들이 적지 않다. 이것은 분석이 아니라 분석하려고 자료를 분류해 놓은 것에 지나지 않는다. 그런 인용문들의 맥락과 의미들을 하나하나 밝히면서 그것으로부터 자기의 주장을 도출해내야만 남의 인정을 얻을 수 있는 분석이 된다.

5) 결론

설문지 가설 검사 논문과 비슷하다.

3. 흔한 실수

이런 연구에서는 흔히 10명 정도를 '연구 참여자'로 삼아 조사한다. 이들의 이야기를 모아서 연구 참여자들이 어떻다고만 진술하고 분석을 마무리한 연구들이 있다.

　설문지 가설 검사 논문에서 표본 정보와 모집단 정보, 보편 정보를 구분할 필요가 있다. 여기서도 비슷하다. 우리가 글을 쓸 때는 연구 참여자의 개인 정보, 연구 참여자들의 전체 정보, 이것으로부터 추론한 모집단 혹은 보편 정보를 구분하면서 글을 써야 한다. 연구 참여자들의 상태나 심정들만 기술해 놓으면, 그것은 사회과학의 논문이라기보다는 개인들의 사사로운 이야기일 뿐이다. 사회과학에서 알고자 하는 것은 대부분 개인이나 표본의 정보가 아니다. 모집단 정보까지도 넘어선 보편 정보이다.

8장

설문지 자료로부터 법칙을 추론하는 논문

우리는 이제까지 서론, 이론 검토, 자료 수집 및 분석 방법, 분석, 결론으로 짜인 논문들을 검토하였다. 이런 것들은 이론에서 출발하여 경험으로 마무리하고, 이론에 의지해서 경험을 분석한다. 그러나 세상에는 이런 논문들만 있지 않다. 경험에서 출발해서 이론으로 마무리하고, 경험에 의지해서 이론을 구성하는 논문도 있다.

여기서는 먼저 양적 경험 자료를 먼저 분석한 다음, 이론 논의를 거쳐 결론을 도출導出하는 논문 형식을 살펴보기로 하자. 이 논문은 반증주의 과학방법론보다는 논리실증주의 귀납 방법론을 따른다. 이것의 문제점은 반증주의를 설명하면서 살펴보았다. 주로 실험 결과가 중요한 자연과학에서는 이 연구 방법을 많이 사용한다. 실험 결과가 원하는 대로 나오면 그 결과를 이론적으로 설명하면서 보편 진리를 추론하는 절차를 밟는다. 이런 연구 방법을 요즈음 사회과학에서도 많이 쓰는데, 그것은 무엇보다도 치밀한 가설을 세우는 수고가 없이도 연구를 진행할 수 있기 때문이다.

1. 기본 틀

이 논문의 기본 틀은 설문지 가설 논문과 많이 다르다. 설문지 가설 검사 논문에서는 서론 다음에 이론 검토가 나오고 그 뒤에 자료 조사 및 분석 방법과 분석이 뒤따르는데, 여기서는 서론 다음에 곧바로 자료 수집 및 분석 방법과 자료 분석이 나오고 이론 논의가 뒤따른다(표 2-13).

[표 2-13] 양적 분석 선행 논문과 설문지 가설 논문의 구성 비교

설문지 가설 논문	제목	서론	이론 검토	자료 수집, 분석 방법	가설 검사	결론
양적 분석 선행 논문	제목	서론	**자료 수집, 분석 방법**	**자료 분석**	**이론 논의**	결론

이런 형식의 논문에서는 통일되어야 할 다섯 대목의 순서도 설문지 검사 논문과는 다르다. 제목, 서론의 연구문제, 자료 분석의 목차나 순서, 이론 논의의 목차나 순서, 결론이다(표 2-14).

[표 2-14] 양적 분석 선행 논문과 설문지 가설 논문의 통일 대목 비교

설문지 가설 논문	제목	연구문제	가설	가설 검사의 목차	결론
양적 분석 선행 논문	제목	연구문제	**분석 순서**	**이론 논의의 순서**	결론

2. 각 장의 할 일들

1) 제목

제목은 설문지 가설 검사 논문과 비슷하다.

2) 서론

여기서도 연구의 실천적 필요성과 학문적 필요성을 밝히고 연구문제를 기술하는 설문지 가설 검사 논문의 형식을 따르는 것이 좋다.

다만 설문지 가설 검사 논문과는 달리 연구문제 속에 설문지 작성에 바로 투입될 수 있는, 혹은 설문지로 조사가 이루어진 독립변인과 종속변인이 들어가야 한다. 설문지 가설 검사 논문에서는 연구문제 안에 들어 있는 독립변인과 종속변인이 곧바로 조사의 목표가 되지 않는 경향이 있다. 조사에 투입될 변인들을 대개 이론 검토를 거쳐서 결정하고 가설의 일부로 편입한다. 예컨대 '부부관계가 둘째 자녀 출산 의도에 미치는 영향'의 탐구가 연구문제라면, 부부관계가 곧바로 설문지 조사의 대상이 되지는 않는다. 이론 검토를 거쳐서 도출된, 부부관계의 하위 요소인 부부 대화나 성관계와 같은 개념들이 가설의 주요 내용으로서 측정의 대상이 된다. 그런데 이론 검토를 하지 않고 바로 자료 수집과 분석에 들어가는 연구에서는 연구문제 안에 곧바로 조사의 대상이 될 수 있는 독립변인과 종속변인을 포함시켜야 한다. 예컨대 부부 대화나 부부 성관계와 같은 개념들이 연구문제 안에 들어가 있어야 한다. 그러므로 이런 논문의 서론 안에는 설문지 가설 검사 논문의 이론 검토 요소가, 연구문제 속에는 가설 성격이 조금씩 들어가 있을 수밖에 없다.

그런데 독립변인과 종속변인은 이론에 속한다. 그렇다면 이론의 검토도 거치지 않고 어떻게 이런 변인들을 제시할 수 있는가? 직관이나 경험, 혹은 연구자들 사이의 논쟁 따위에 의존하여 변인들을 정할 수 있다. 물론 이런 방식으로는 변인들의 관계를 논리적으로 분명하게 밝힐 수는 없다. 오직 추측할 뿐이다.

3) 자료 수집 및 분석 방법

설문지 가설 논문에서는 가설을 검사하려고 경험적 자료를 분석하여 독립변인과 종속변인의 관계를 알아내려고 한다. 이 논문의 목표는 가설의 검사가 아니다. 여기서는 독립변인과 종속변인의 관계를 논리적으로 확신할 수는 없으나, 관계가 있을 것 같다고 예상하고 경험 자료로 확인해 보려고 한다. 이것은 마치 자연과학에서 궁금한 것을 알아내려고 실험을 해보는 것과 같다.

그러나 경험 자료를 분석하여 독립변인과 종속변인의 관계를 알아내려고 한다는 점에서는 설문지 가설 검사 논문과 다르지 않다. 따라서 자료 수집 및 분석 방법이 설문지 가설 검사 논문과 다르지 않다.

4) 자료 분석

자료 분석의 목적은 독립변인과 종속변인의 관계를 경험 자료를 동원하여 확인하기 위함이다. 따라서 자료 분석은 서론에서 제시한 독립변인과 종속변인의 관계들에 따라서 목차나 순서를 정해야 한다. 이것은 가설 검사 논문에서 가설 검사의 목차가 가설을 따라서 이루어져야 하는 것과 같다.

여기서도 가설을 검사하면서 영가설을 부정하는 절차를 활용하여 모집단에서 독립변수와 종속변수의 관계가 어떠한지를 추정할 수 있다. 두 변수의 관계가 없을(영가설에 해당됨) 확률인 p값과 유의수준 α값을 대조하여 관계가 없음을 부정하지 못하거나 부정할 수 있다. 만약 p가 α값보다 작다면, 모집단에서 두 변수의 관계가 없을 가능성이 매우 낮으므로, 관계가 있다고 보아도 무리가 없다고 말할 수 있다. 이런 판단은 표본 정보에 의존하므로 매우 신중해야 한다.

그리고 독립변수와 종속변수의 관계가 양인가 음인가는 표본 결과를 그대로 따른다. 표본의 음과 양의 관계가 모집단에서 바뀔 가능성은 아주 작기 때문이다.

5) 이론 논의

아무리 치밀하게 표본을 골라 조사하고 엄정하게 통계 분석을 하였더라도, 그 결과는 확률로 추정한 한 번의 조사에 따른 것이다. 모집단을 모두 조사하였더라도 한 번의 조사 결과일 뿐이다. 한 번의 모집단 정보(단칭진술)를 보편 정보(전칭진술)라고 말할 수는 없다. 그러므로 이 결과를 이론으로 뒷받침할 필요가 있다. 이론 논의의 목표는 조사 결과가 이론적으로도 타당한가, 그렇지 않는가를 논증함이다.

6) 결론

설문지 가설 검사 논문과 비슷하다.

9장

근거 기반 이론 구성법

요즈음 질적 논문을 작성할 때 흔히 근거 기반 이론 구성법 (grounded theory)[24]을 활용한다. 이 방법에서는 이론 틀로 질적 자료를 분석하지 않고, 질적 자료를 분석하여 이론을 구성한다. 이런 논문의 작성법은 많이 소개되어 있기 때문에 자세히 다룰 필요는 없다. 그래서 주의할 점들만 간략하게 소개해 보자.

---

24) 흔히 이것을 '근거이론'이라고 부른다. 그래서 이것이 근거에 관한 이론이라고 착각하기도 한다.

1. 기본 틀

여기서는 서론에서 제기한 연구문제를 풀려고, 먼저 이론을 검토하지 않는다. 곧바로 질적 자료를 확보하고 분석하여, 그 결과로 이론에 해당하는 가설을 구성하고, 이 가설로 결론을 내린다.

따라서 논문의 기본 틀은 제목, 서론, 자료 수집 및 분석 방법, 자료 분석, 결론으로 이루어진다.

2. 각 장의 할 일들

1) 제목과 서론

다른 논문들과 다르지 않다.

2) 자료 수집과 분석 방법

다른 질적 논문과 유사하다.

다만 자료 수집과 분석의 출발점이 조금 다르다. 이론 검토를 거쳐서 분석 질의가 정해진 연구에서는 면담面談과 같은 조사가 주로 그 분석 질의를 염두에 두고 진행된다. 이와는 달리 이런 연구에서는 서론의 연구문제에 따라 자료가 수집된다. 분석도 마찬가지다. 이런 차이 때문에 자료 수집 및 분석 방법의 기술 내용이 이론 선행 질적 논문과는 조금 다를 수 있다.

3) 자료 분석

자료 분석의 개요는 다음과 같다.

먼저 면담의 진술 내용들을 의미 단위로 잘라내서, 관련되는 것들끼리 모으고 이름을 붙인다. 이런 개념들이 수백 개일 수도 있다. 이것들을 다시 관련 있는 것들끼리 모아서 수십 개의 하위 범주들을 만들고 이름을 붙인다. 이 하위 범주들을 또다시 관련 있는 것끼리 모아서 10여 개 범주들을 만들고 이름을 붙인다. 이런 과정을 개방 편집(코딩)이라 부른다.

이것을 보다 쉽게 이해하려면 이론을 검토하여 분석 질의를 설정하고 분석하는 질적 논문과 비교해 봄이 좋다.

이론 선행 질적 논문에서 분석 기준은 이론 검토의 결과로 정해진 분석 질의이다. 이것은 질적 자료를 분석하기 전에 미리 제시된다. 이 분석 질의에 따라서 면담한 자료들을 의미 단위로 자르고 분류한다. 이것은 마치 이름이 붙어 있는 그릇들에, 뒤섞인 물건들을 이름에 맞게 골라 넣은 것과 같다. 이미 고정된 개념들에 따라서 면담 자료들을 자르고 분류하므로 분류된 항목들에 하나하나 새로운 이름을 붙일 필요가 없다. 물론 분석하는 과정에서 새로운 의미가 발견되면 그것의 이름은 달아야 한다. 그러므로 새로운 이름을 많이 달 필요가 없다(표 1-15).

이와는 달리 근거 기반 이론 구성 논문의 분석에서는 분석의 기준을 미리 제시하지 않는다. 분석하는 과정에서 연구자의 마음에 내장된 이론들 가운데서 합당한 것들을 꺼내서 자료들을 분류한다. 이것은 명패도 없이 창고에 보관된 여러 그릇을 꺼내서 물건들을 이렇게 저렇게 담아보면서 분류하는 것과 같다. 이론 기준들을 고려하여 자료를 분류하고, 자료에 따라서 이론을 동원한다. 그릇에 맞추어서 물건들 고르고, 물건들에 맞추어서 그릇들을 고름과 같다. 여기서는 분류의 기준이 고정되어 있지 않기 때문에 여러 가지 방식으로 분류할 수 있다. 여러 대안들 가운데 연구자가 가장 적합하다고 여기는 것을 선별하여 결정한다. 분류가 이루어지면 각각 묶음에 이름을 붙인다. 이와 같은 방식으로 면담 자

[표 1-15] 이론 선행 질적 논문과 근거 기반 논문의 자료 분석 비교

구분	분석 기준	자료 분류, 편집	분류 항목 명명
이론 선행 질적 논문	제시되어 고정된 분석 질의	분석 질의에 따름	많이 필요치 않음
근거 기반 논문	명시되지도 고정되지도 않는 여러 개념들	가능한 분류 안들 가운데서 선택	분류한 항목마다 명명

료에서 개념들을, 개념들로부터 하위 범주를, 하위 범주로부터 범주를 구성한다(표 1-15).

개방 편집의 마지막 단계에서 범주들이 정해지면, 어떤 범주를 자신의 연구문제를 푸는 중심으로 삼을 것인가를 결정한다. 그 중심 범주들을 기준으로 삼아 다른 범주들을 배정한다. 다른 범주들의 위치는 각 범주들이 중심 범주의 원인인가, 결과인가 따위를 고려하여 결정한다. 이것을 축軸 편집(코딩)이라 부른다.

이 축 편집의 결과에 의존하여 가설 수준의 이론을 구성한다.

따라서 분석과정의 목차는 이런 분석의 절차를 따라서 작성할 수밖에 없다.

4) 결론

다른 논문들과 비슷하다.

3. 흔한 실수

1) '면담과 분석에서는 이론이 필요하지 않다'

자료 수집과 분석을 자신의 이론 견해를 버리고 자료 자체에 근거해서 개방 및 축 편집을 하였다고 진술한 논문을 많이 본다.

이것은 지나친 표현이다. 아무런 이론 개념이 없이 어떻게 자료를 수집할 수 있겠는가? 면담에서부터 이미 이론이 개입되기 마련이다. 뿐만 아니라 이론이 없이 어떻게 편집할 수 있겠는가? 편집에는 비교와 분류가 선행되어야 하고 비교와 분류에는 반드시 기준이 되는 이론 개념이 필요하다. 그러므로 이론이 없다면 개방 편집도 축 편집도 할 수 없다.

물론 이론 검토를 거쳐서 분석 질의가 정해진 연구처럼 어떤 고정된 이론의 개념을 중심으로 자료를 모으고 분석하는 것은 경계할 필요가 있다. 그렇지만 이론이 동원되지 않아서는 안 된다. 오히려 적절한 이론을 잘 동원할수록 좋다. 잘 동원하려면 연구자의 마음 창고에 좋은 이론들을 많이 보관하고 있어야 한다. 그래야 '이론 민감성'을 가지고 자료를 수집하고 분석할 수 있다. '이론 민감성'이란 연구자의 가슴에 내장된 여러 이론들을 유연하게 동원하여 잘 적용하는 능력을 뜻한다.

2) 기존 문헌이나 이론 검토를 2장으로 함

이 논문에서는 이론이나 기존 문헌을 검토하는 장이 굳이 필요하지 않다. 그런데도 '문헌 검토'나 '이론 검토'가 들어 있는 논문들을 자주 본다. 아마도 설문지 가설 검사 논문의 형식을 관습처럼 모방하기 때문일 것이다.

이런 논문들은 대부분 기존의 이론이나 문헌들을 길게 나열해 놓고는, 곧바로 자료 수집 및 분석 방법의 장으로 넘어간다. 이론 및 문헌 검토의 장을 작성하면서 많은 분량의 언어를 소비하였지만, 전체 논문에서 이 장의 역할을 부여하지 않는다. 이는 의미 없는 글쓰기를 길게 한 셈이다.

특히 문헌 검토의 내용이 서론의 기존 연구 검토와 중복되기도 한다.

군이 이론이나 문헌 검토를 2장으로 삼고자 한다면, 2장의 역할을 정해야 한다. 어떤 역할을 주면 좋을까? 앞에서 우리는 수집된 자료를 분석하려면 내장된 이론들을 동원할 필요가 있다는 점을 지적하였다. 따라서 연구문제와 관련된 여러 이론들을 미리 살펴보고 어떤 점들을 중요한 분석의 실마리(단서端緒)로 삼을 것인가를 제시해 볼 수 있다. 이것은 이론 선행 질적 분석 논문의 분석 질의처럼 자료의 수집과 분석의 방향과 내용을 분명하게 고정하는 것과는 다르며, 분석의 질의보다는 답이 더 넓게 열려 있는 질문으로 이루어진다. 이런 분석의 실마리가 정해지면 자료를 수집하고 분석하는 데 도움을 받을 수 있다.

3) 분석 결과가 '나타났다'

근거 기반 이론 구성 논문에서는 흔히 개방 편집의 결과를 표로 제시해 놓고 몇 개의 개념들과 하위 범주, 범주가 '나타났다'고 기술한다. 뿐만 아니라 축 편집 결과를 밝히면서도 어떤 범주가 '중심 현상으로 나타났다'고 기술한다. '그리고 나타난 결과'의 의미가 무엇인가만을 언급하고, 왜 그렇게 편집하였는가는 밝히지 않는다.

이런 글에서 편집은 연구자가 아니라 기계가 한 것 같다. 마치 연구 결과가 연구자의 견해와는 상관없는 것처럼 보인다. 연구자 자신의 결정이 하느님의 섭리攝理로 신비화되어 있다. 편집 과정은 사라지고 편집의 결과만 보인다. 이것은 논증이 아니라 선포이다. 독자가 그 결과에 동의하기 어렵다.

독자의 동의를 얻으려면, 분석 결과를 기술할 때 연구자의 고뇌에 찬 선택 과정이 잘 드러나 있어야 한다. 개방 편집의 결과만을 단순하게 해설하기보다는 자료에서 개념들을, 개념들에서 하위 범주를, 하위 범주에서 범주를 어떻게 만들었고 왜 그러했는가도 밝혀야 한다. 축 편집에서도 왜 어떤 범주를 중심 현상으로 배정했는가와 같은 연구자의 결정 과정을 드러내 주어야 한다.

4) 면담 내용을 나열하여 인용함

분석 결과를 기술할 때, 흔히 범주의 의미를 먼저 간략하게 '선
언'한 다음, 그 밑에 관련된 면담 내용의 단락들을 아무런 설명도
없이 몇 개 나열하고는 끝내곤 한다. 이것은 분류(나눔)일 뿐, 분석
分析(나누어서 의미를 밝힘)이 아니다. 말들의 나열일 뿐 글이 아니다.
동원된 자료 단위 하나하나의 맥락과 의미를 따져가면서 범주의
의미를 구성하는 방식으로 글을 써야 한다. 그래야만 연구자가 편
집한 과정과 고민도 드러난다.

| 참고문헌 |

김미곤, 2011, 『공공부조의 한계와 대안』, 성균관대학교 출판부

김은경, 2012, "부부관계가 둘째 자녀 출산 의도에 미치는 영향", 성균관대학교 석사학위논문

김은경, 2018, "농촌유학 아동 · 청소년의 환경변화에 따른 또래 사이 자기관과 타자관 재구성", 성균관대학교 박사학위논문

노자, 『도덕경』

박승희, 2017, 『사회복지학자가 읽은 노자 도덕경』, 성균관대학교 출판부

박승희, 2019, 『한국사회복지정책론: 아름세상 가꾸기』, 성균관대학교 출판부

베르트 다네마르크 외, 이기홍 역, 2004, 『새로운 사회과학방법

론』, 한울 아카데미

이한구, 2004, 『지식의 성장』, 살림

「반야심경般若心經」

『채근담菜根譚』

Weber, M. 저. 임영일 외 편역, 1994, "사회과학적 및 사회정책적 인식의 객관성", 『막스 베버 선집』, 까치

논문 어떻게 짓나?

초판 1쇄 인쇄 2020년 2월 24일
초판 1쇄 발행 2020년 2월 28일

지은이 김은경·박승희·조재형(가나다 순)
펴낸이 신동렬
책임편집 신철호
편　집 현상철·구남희
마케팅 박정수·김지현
외주디자인 아베끄

펴낸곳 성균관대학교 출판부
등록 1975년 5월 21일 제1975-9호
주소 03063 서울특별시 종로구 성균관로 25-2
대표전화 02)760-1253~4
팩시밀리 02)762-7452
홈페이지 press.skku.edu

ISBN 979-11-5550-397-3　03800

잘못된 책은 구입한 곳에서 교환해 드립니다.